U0164414

英華女學校

作者：劉心、劉翠婷、董悅延、周育瑩、黎卓琳、胡凱盈
指導老師：廖仲儀老師
繪者：周育瑩、黎卓琳、胡凱盈
編輯：青森文化編輯組
設計：4res
出版：紅出版（青森文化）
地址：香港灣仔道133號卓凌中心11樓
出版計劃查詢電話：(852) 2540 7517
電郵：editor@red-publish.com
網址：http://www.red-publish.com
香港總經銷：香港聯合書刊物流有限公司
台灣總經銷：貿騰發賣股份有限公司
新北市中和區中正路880號14樓
(886) 2-8227-5988
出版日期：2019年6月
圖書分類：流行讀物／小說
ISBN：978-988-8568-62-8
定價：港幣五十元正／新台幣二百圓正

雨過天晴

組長　劉心

組員　劉翠婷、董悅延、周育瑩、黎卓琳、胡凱盈

插圖　周育瑩、黎卓琳、胡凱盈

推薦序

創作小說的過程像攀登一座春霧迷濛的山，作者大約知道山裏有些甚麼，卻不能確定最後會遇到怎樣的奇景。所以，創作時雖然孤單，卻充滿無限樂趣和期待。

英華女學校的「接龍小說比賽」是集體創作，作者們好比一隊攀山隊，一起浩浩蕩蕩地前進，在過程中彼此提點、鼓勵。因為各人心裏的風景都不同，所以看到的景物定更豐富多彩和變幻不定。

小說創作是一件需時頗長，又要投入情感的事情。不過，比賽有時間限制，參賽者既要應付繁重的學業，也要從百忙中壓榨出時間來討論各項細節，取捨不同的構思，最後，還能努力地抽離現實、調整情緒，運用想像力，寫出引人入勝的作品，實在是難能可貴。我相信，這分堅持為大家的青春寫下了值得回憶的一頁。

本年度的冠軍作品非常出色，雖為集體創作，卻能做到文氣一致，典雅的文筆增添了小說的時代氣氛，令作品生色不少。故事情節環環相扣，迫至女主角必須在親情與愛情的兩難中作出抉擇，將人物衝突推至高峯，教人愛不釋卷。

所以，我在做比賽評審的同時，享受着閱讀小說的樂趣。希望各位參賽者繼續創作，不要辜負了天賦的才華，以小說作為禮物，送給喜愛閱讀的人們。

比賽評審、小說作家子君

目錄

第一章
風雨驟起

晨鳥初啼，旭日東升。晨霧氤氳中，絢爛的陽光噴灑在昇國的土地上，為其鋪上了一層金紗。況晴一身碧綠長裙逶迤拖地，肩上披著素紗，略顯隨意而又不失優雅。隨著蓮步輕移，微風輕撫，況晴玲瓏浮凸的身段立顯無遺，舉手投足如風拂楊柳般婀娜多姿。她輕輕地走在石板小路上，腳下一隻小狗歡快地圍繞著她打轉，似是在慶祝這美好安謐的早晨。

「姐姐你看！」一名少女忽然打開了大門，一溜煙地跑在石板路上。況晴剛想出聲提醒，少女腳下一滑，跌進了路旁的草叢裏，剛好壓在了正在打滾的小狗身上。「汪！」牠大聲吠叫。然而少女卻滿不在乎地站了起來，拍了拍被塵埃沾污的裙子，便又再興高采烈地衝了過來，獻寶般舉起手中提著的鳥籠。

「瞧！爹爹送了我一隻金絲雀！看，牠的羽毛是金黃的，多漂亮！」少女雀躍地比劃道。沉晴看著正在滔滔不絕的少女，腦海中的記憶緩緩地浮現在眼前……

十一年前的那天，沉晴還只是六歲的女孩甦晴。她跌跌撞撞地走在街上。經過一番長途跋涉，她的身體早已虛弱不堪。街上行人匆匆，卻沒有一人肯看她一眼。甦晴撲通一聲，倒地暈了過去。

醒來後，映入眼簾的是粉紅色的輕紗。她猛地坐了起來，環顧四周，樸素典雅的房間裏空無一人。她努力掙扎下床，雙腳才剛落地，房門便猛地被打開，甦晴嚇得坐回在床上。甦晴戒備地看著眼前這名明眸皓齒的少女笑吟吟地跨過門檻，走了進來。「防人之心不可無」——那是她從小就有的意識——在和別人溝通的時候，她總是充滿敵意，像隻刺蝟般豎起了鋒利的尖刺，欲把自己與傷害隔絕，漸漸習慣拒人於千里之外。少女無視著甦晴眼中的戒備，遞上了一碗熱騰騰的粥，道：「這裏是相府。你的身體太虛弱了，先吃點粥再休息吧。」甦晴沉默著。

一路走來，她已遭受了太多的白眼。不少人對她指指點點，說她可憐，可誰又曾真正的關心過她呢？她咬著牙關一步步向前，當她支持不住時，是眼前的少女一把拉住她。一碗熱粥，一句問候，給了她說之不盡的溫暖。甦晴緩緩用雙手接過碗。不久，少女的父親便聞信而來。他是當今權傾朝野的宰相沉彼，雖位極人臣，卻從不居功自傲，溫和有禮，向來與皇帝關係要好，而眼前的少女正是沉彼之女沉昕。

甦晴本以為只會暫住些時日，殊不知，她這一住就在這相府裏住了十一年。

她仍記得沉彼嘴角那抹謙和的微笑：「你願意成為我的女兒嗎？」

人生如夢，轉眼間十一年過去，甦晴成為了宰相義女，從此改名沉晴，生活在這如世外桃源般的府邸中，無憂無慮。

「姐姐……你怎麼在發呆啊！」沉晴從漫長的回憶中回過神來，沉昕正疑惑地看著她。沉晴搖了搖頭，問道：「怎麼了？」沉昕說道：「皇上剛托人叫你進宮一趟呢！」沉昕和沉晴一個活潑開朗，一個聰明睿智，深得皇帝的喜愛。況晴不明就裏地匆匆進宮，心中忐忑不安。皇上這時找她，莫非有緊急的事？

內侍帶領著況晴，駕輕就熟地在一隊隊的宮女和侍衛中來回穿插。饒是況晴經常跟著養父和少女進宮，此時也是頭暈轉向，不知身在何方，只能加快腳步跟隨。不久，況晴看到了不遠處金碧輝煌的御書房。房頂的金色琉璃瓦在陽光下熠熠生輝。殿的四角高高翹起，伏著四頭金色的巨龍，神色莊嚴，威風凜凜，讓人不由自主地畏懼。

「況姑娘，皇上很快就到，請進去稍等。」內侍的聲音驚醒了四處張望的況晴。她對為她掀開垂簾的內侍微微點了頭，小心翼翼地走進御書房。一陣書本獨有的香味混合著樟木書架的醇香撲鼻而來，使況晴心曠神怡。御書房裏，鏤空的雕花窗桕間透入零碎的陽光，厚實的樟木書架排列著一本本精緻的書本，露出厚厚的書脊。陽光和煦，書香繞案，整個書房都瀰漫著柔和的氣息。

當皇上找到況晴時，她正捧著書本細讀。瀑布般的黑髮傾灑於腰間，越發襯得她嫵媚動人。

這麼標緻的丫頭，卻要面臨這樣的命運……皇上無奈地嘆了一口氣。

「書好看嗎？」沉晴的背後突然傳來話聲。

沉晴聞聲，忙跪在地上行禮：「沉晴參見皇上。」

皇上慈祥地扶起她，沉默了一會。沉晴也站在那裏，靜靜地等候著。

「沉晴……」皇帝突然開口。

「我知道你是個好孩子，我想……」思索了片刻，昇國君王還是艱難地開了口。

沉晴失魂落魄地走出了御書房，皇上站在窗邊目送著她的離去。沉晴是他認識的孩子中，最討他歡心的一個。如此沉著睿智的孩子，可惜了……

沉晴回到家中，睡房裏籠中的金絲雀不安地抖動著翅膀，吱吱地鳴叫。沉晴摟著肩膀，耳邊不斷迴蕩著皇上的話——「我想把你送到玥國宮中。」她閉上眼睛。始終還是不能改變自己的命運嗎？還是上天要來收回她短暫的美好？在玥國的宮中，她是否會與手中的金絲鳥無異？失去自由，過著囚犯般的生活？

這夜，沉晴驚逢夢魘。夢中她被一群孩子圍著，他們對她拳打腳踢。她流著眼淚，蜷縮著，苦苦哀求著，卻依舊不能減去揪心的疼痛。周圍的人議論紛紛，卻沒人願意出手相助。「我媽媽說你是骯髒的小孩，沒人要！」周圍傳來了充滿惡意的笑聲。別再說了，別再說了……沉晴從夢中驚醒。黑暗中，她睜開眼睛，輾轉反側，一夜無眠。

該來的總會來的。

這天早晨，烏雲密佈，空中飄著細細的雨絲，就如沉晴的心情般愁雲慘淡。沉晴塗上厚厚的胭脂，卻依舊遮蓋不了憔悴的臉容。她一步一步，正如她來的時候，走出了她安居十一年的府邸。

沉昕緊抱著沉晴，含淚說：「姐姐一定要回來！」望著淚痕滿臉的妹妹，沉晴嘆了一聲，笑著說：「一定會。」

沉晴默默跪下，向沉彼深深一拜。父親亦沉默不語——離別之言，徒增哀傷罷了。

陪伴了沉晴多年的小狗嗚咽著，扯住她的裙擺不放，沉晴輕輕安撫小狗。坐在馬車上，沉晴整裝待發。沉昕還欲跟上，沉晴不忍再看，只得催促車夫趕緊驅車離開。

雨忽然瘋狂地從天而降，黑沉沉的天就像要崩塌下來。大雨滂沱中，馬車徐徐駛動，沉晴終於離開了她生活了十一年的地方。馬車一步步駛向未知的深淵，她一步步接近危險。

第二章

雨僝風僽

玥國皇帝夏宇登基一年後宣佈選秀，中選秀女已於五月中進宮。

瑰元宮裏，莊貴妃沈玉珍坐在台階的貴妃椅上，下頭是中選的秀女，新晉的妃嬪佳麗，分為兩排跪下行禮。

「嬪妾參見娘娘。」嬪妃們小心翼翼地行禮。

「妹妹們，快起來。」莊貴妃微笑著說。貴妃在合宮覲見的第一天就擺出後宮主人的架勢，穿了一身紫紅色裙褂，裹緊身上的孔雀披風，頭上戴著皇帝新賜的翡翠玉髻，耳邊一雙東珠耳環閃閃發亮，無一不在告誡六宮她才是這後宮的主人。

「今日下午，皇上剛下了旨意，說六月初六是個好日子，將會迎接昇國貢女入宮，讓咱們姐妹看著辦呢！」莊貴妃話裏含機。

「區區異族貢女又怎麼能和沈姐姐相較呢？姐姐敦厚賢淑，幫著皇上協理六宮，那才是莫大的恩寵呢！」放眼望去，說話的正是齊嬪齊正梅。齊正梅向來隨波逐流，只會一味地阿諛奉承，早在太子府時沈玉珍已洞悉這點。

「妹妹這話就說笑了，咱們姐妹一同侍奉皇上，又何必時時相較高低之分呢？」沈玉珍擺出一副嚴肅的臉訓道。齊正梅瞥見，便識相地閉上嘴。

韻貴人慕若華抿嘴輕笑：「有些時候啊，一味地奉承別人反而讓人吃不消呢，姐姐你說是不是？」齊正梅聽罷略顯窘迫，臉上青一陣白一陣。

「好了，皇上膝下兒女不多，大家可要學學齊妹妹，盡心盡力為皇上生兒育女。」沈玉珍扶了扶髮飾，笑著打圓場。此言一出，妃嬪們都立馬站了起來，應了聲：「謹遵娘娘教誨。」

莊貴妃正揮手示意她們坐下，看見麗妃顏欣妍像失了神般，似是一不留神就會跌倒在地，忙細問道：「妹妹這是怎麼呢？平日總見你精神奕奕的，今個兒像是失了神似的，是昨夜睡不安寢嗎？」

麗妃行了個半禮，眼眉彎彎，應道：「謝娘娘關懷，這原是不大打緊的，是嬪妾自己服用了些坐胎藥，身子怕是不太適應過來，讓娘娘掛心呢。」

莊貴妃平了平心緒，壓著心中的不快道：「坐胎藥？妹妹就這麼想兒女雙全嗎？子嗣是重要，但總也要顧及自己的身子才是啊。」

麗妃諾諾應是：「嬪妾明白，只是嬪妾終日孤零零的，雖然皇上常來嬪妾宮裏，嬪妾卻無福生育，實在苦悶。哪怕是像齊妹妹般有個孝順的皇子也好啊。」此言一出，合宮妃嬪紛紛投以不忿的目光。

不就是用來顯擺自己得寵的老把戲？莊貴妃笑了笑，這樣招搖愚昧不是她一貫的作風。

齊正梅忙擠出一絲笑容，道：「姐姐福澤深厚，孩子總會有的。」

莊貴妃也覺得累了，揮揮手說：「你們都勞累了，今天便散了吧。」眾嬪妃聞聲，紛紛站了起來行禮，緩步退出了瑰元宮。

晚上，御乾宮。

只見龍椅上的夏宇一身龍紋蟒袍，冰冷的面龐依舊掩不去令人迷醉的氣息。深邃的眸子，英挺的鼻梁，棱角分明的輪廓，宛若黑夜中的鷹，整個人散發著一種王者之氣。

夏宇把手中的筆扔在桌上，語氣略顯疲倦：「去看看貴妃吧。」

他的貼身內侍張達安想起麗妃今天對自己的要脅，不禁遲疑了片刻，道：「皇上……」

夏宇目光如刀，不怒自威：「怎麼了？」

張達安嚇得一哆嗦，趕緊收斂神色，彎腰恭敬道：「是。擺駕瑰元宮！」

瑰元宮那邊，莊貴妃正準備睡下，忽聽到外頭太監高呼道：「皇上駕到——」。玉珍心中一喜，忙起來迎接夏宇。

「臣妾不知皇上駕到，有失遠迎，還望皇上恕罪。」莊貴妃見著夏宇，連忙下跪行禮。

「是朕不請自來，愛妃何罪之有。」夏宇含笑扶起玉珍。

玉珍笑了笑：「宮中來了許多新的妹妹，臣妾已經為她們安排好居所了，皇上覺得可好？」

夏宇擺了擺手：「這等瑣事，愛妃自然能處理得當。」

玉珍瞧著夏宇，似是不為意地說：「聽說不日就會有昪國的妹妹入宮。恕臣妾冒昧，皇上打算給她甚麼位分啊？」

想起昪國，夏宇的笑容淡了淡：「既是昪國送來的，就不能失了體面。愛妃以為，給個昭儀如何？」

玉珍心中一凜，昪國貢女初入宮便是正三品位分，可不得不小心提防，臉上卻不動聲色：「皇上做的決定，自然是最好的。」

平熹十年，夏宇頒下聖詔：茲仰承皇太后慈諭，以冊印封況氏為昭儀，賜封號「宸」。爾其柔嘉淑順，敬慎居心。旨到之日，著居未央宮主位。

六月初六，昪國貢女的轎子到達玥宮。況晴在內侍的引導下攙著侍女的手，向自己居住的宮室走去。金黃的琉璃瓦在陽光的照耀下閃爍著逼人的光芒，絢麗奪目。然而深深宮邸，紙醉金迷，又囚禁了多少少女自由的心！況晴心裏暗歎，自己也即將成為鶯鶯燕燕中的一人吧。

不久她便走到自己的宮殿，匾額上赫然是三個大字：未央宮。

淡淡檀香，靜穆雅緻的紅木家具，牆壁掛著的古墨畫軸，皆體現未央宮的古樸、和諧和別緻。這古色古香的格調，令人油然生起莊重之感。

翌日清晨，眾妃嬪早已得到貴妃傳話，聚集在壽和宮給皇太后請安。況晴亦早早起床，悉心梳妝打扮，以淡藍色華衣裹身，淡雅而不失隆重，更襯出其風雅氣質，出塵不俗。寬大的裙幅逶迤身後，使其步態愈加雍容華美，搖曳生姿。美盼又為她綰起一個高椎髻簪上紅寶石蝴蝶步搖，平添幾分誘人風情。隆重之餘透出絲絲嫵媚，攝人心魄。

因況晴是新入宮的妃嬪，便向皇太后行三跪九叩之大禮，恭敬道：「臣妾況氏給太后娘娘請安，恭請皇太后聖安。」

太后身穿朱紅色長裙，上面佈著零散的蘭花，顯得莊重而高雅。聽罷不過微微頷首，不置可否。

沉晴未得允許，只好繼續跪在地上。臉上卻波瀾不驚，掛著一絲得體的微笑，從容不迫。

太后心中暗讚，卻聽得麗妃笑道：「妹妹今天打扮得很是俏麗，異族女子果然風情萬種。」

沉晴心知麗妃有意當眾奚落她，於是抬起頭來，仰視麗妃，莞爾道：「嬪妾姿色平庸，怎及娘娘儀態萬千，天人之姿。」

麗妃見沉晴眉宇蕩漾著淺淺笑意，美眸顧盼生輝，果如她所說的風情萬種，撩人心懷。她心下不忿，語出刻薄：「妹妹好生一張利嘴。昇國人真是巧舌如簧。」

太后聽後略顯不悅，皺眉道：「後宮妃嬪共同侍奉皇上，為皇家綿延子孫，更該和睦相處，融洽和諧。」

一直在太后身旁服侍的莊貴妃忙站了出來，領著眾嬪妃道：「謹遵太后娘娘教導。」

太后點了點頭，對眾嬪妃道：「你們先跪安吧。」

妃嬪們紛紛行禮告退。沉晴亦站了起來屈膝行禮，雙膝已頗為疼痛酸軟。她搖頭苦笑，更深諳自己在這後宮中將步履維艱。

她何嘗不明白，宮中的鬥爭如同吐著毒信子的蛇，避無可避。她必須小心翼翼，才能在宮中倖存下來。沉晴突然一陣心慌——

冷冷宮殿，危機四伏，一個異族女子何以立足？

漫漫前路，蜿蜒曲折，何人在她左右？

承坤宮中。

麗妃粗暴地甩開侍女的手，蛾眉倒蹙，眼裏閃著一股無法遏制的怒火，氣沖沖地往妃椅坐下。

她的貼身侍女芯悅見狀忙上前，哈腰恭敬道：「娘娘別生氣，先喝杯茶吧。」

麗妃眉頭緊鎖，恨恨道：「昇國來的貢女，真是個禍害！」

一個不懂事的小宮女撇嘴道：「是啊娘娘，況氏進宮即位昭儀，若是日後再晉一級，就要和娘娘並肩了！」麗妃聽罷越加生氣，纖手一掃，便把茶杯重重地摔在地下。

芯悅賠笑道：「娘娘息怒，宸昭儀不過區區貢女，寄人籬下，娘娘莫為她氣傷了身子。」她一邊說，一邊低身清理著茶杯碎片。

麗妃稍稍緩和了神色，又聽得芯悅道：「奴婢倒是有個法子，不知當講不當講。」

麗妃瞄了一眼芯悅，慢道：「你說吧。」

芯悅低頭道：「後宮裏嘛，宮嬪都是靠著皇上的寵愛存活……」

麗妃一聽就明白了，乾笑道：「是啊，異族女子，無權無勢。若是無法侍寢，憑她地位再高，身分再貴重，也不能在深宮中立足安穩。」

「芯悅，你去吩咐張公公，把她的綠頭牌撤了吧。張公公的兄弟都在本宮父親麾下辦事，若是搞砸了的話……」

麗妃眉眼彎彎，美眸間竟透出噬人的可怕。

「也好叫他知道後果。」

芯悅恭謹道：「是，娘娘。」說罷緩步退出承坤宮。

第三章
過眼風雲

翌日清晨，宮門前人來人往，朝臣們整齊地排列著，他們身穿深藍長袍，頭戴鮮紅官帽，帽頂鑲嵌一顆圓潤的頂珠，後方插著花翎，為戴者增添神氣。有些官員嘴唇稍白，有的額上甚至沁出薄薄冷汗，略顯慌色。他們無非是為了即將會見君主感到緊張。玥國新君，雖剛上位一年，羽翼未豐，然脾氣陰晴不定，喜怒無常。即便說錯一字一詞，也隨時會招來殺身之禍。

朝臣們跨過門檻，便來到一大片廣場，舉手投足間也越發警慎——因為他們到了天子腳下，所有行為他都將看在眼裏。

金碧輝煌的龍椅上，坐著一名年輕的男子，不過二十五六歲。他一身明黃色窄袖蟒袍，黑髮以金冠束起，雙眸冰冷而蘊含銳氣，散發出傲視天下的氣概，帝王霸氣顯露無遺，凌人的氣勢使得百官心中生出一層寒意。陽光一束束落在幽暗的大殿，又照在龍椅上，使其閃爍起來，和男子黃袍上龍的圖騰互相輝映，如同向朝臣宣示自己身為玥國君王的權威。

「吾皇萬歲萬歲萬萬歲！」滿朝文武百官，不約而同地雙膝跪下，揚聲呼叫。跪地許久，方聽見大殿裏傳來一把冷冷的聲音：「起來吧。」

「謝皇上聖恩！」大臣們拍拍衣袖，連忙站好。

「眾卿家可有甚麼要稟告？」此話一出，便有一人從列隊中站出來。此人髮鬢花白，濃眉長鬚，雙眼炯炯有神，氣宇軒昂，正是麗妃顏欣妍之父、內閣大臣顏正輝。他雙手拱揖，恭敬的神色之中卻帶有一絲散漫——身為朝廷上叱吒風雲的人物，手握大權，難免不居功自傲。

「稟皇上，臣一直有觀察昇國的舉動，近日發現昇國邊境似有動靜，彷彿是在秘密策謀甚麼。考慮到我國的安危，微臣請求皇上加派一萬兵力駐守玥國的邊疆，以保江山。」他雖俯首稱臣，語氣卻無庸置疑，傲氣和權威暗存於一言一語間。

話音未落，眾臣便開始議論紛紛。「昇國近來和我國的來往漸減，不知是否在隱瞞甚麼……」「昇國最近的動靜較多，想必是在圖謀不軌……」一番熱烈的爭論瞬間被掀起。

只見一人緊鎖眉頭，低頭不語。這舉動本來一點也不起眼，可是因朝廷各官紛紛討論，加上他站在前排，反而突顯出他的沉著。他是正二品總督覃桂成，名聲頗為顯赫。

夏宇見罷便道：「覃卿家，朕看你今天沉默寡言，有甚麼意見但說無妨。」

「稟皇上，昇國向來與我國友好邦交，如此親密的關係是建基於數百年前兩國君王的友誼，而且兩國人民向來相處融洽，兩國之間互補不足，同舟共濟。臣以為，昇國不至於輕舉妄動，顏大人的提議未免有傷兩國感情。與其增加邊疆的駐軍，同室操戈，不如將兵力留待多加訓練，儲蓄實力，以抵禦夷國的入侵。」

覃桂成的話，令顏正輝等人眼中閃過一絲煞氣。

「此話雖有理，但皇上萬萬不可盡信昪國。古語有云：『宜未雨而綢繆，毋須渴而掘井』，國家的安危誰能預測？誰能保證昪國不會心懷不軌？」

滿朝大臣肅靜，頓時鴉雀無聲。

「不怕一萬，只怕萬一啊！為了百姓的安全，江山社稷的安穩，請皇上接納微臣之見，加派駐軍到邊境！」顏正輝朗聲道。他的語氣不像之前般平靜，而是越發激烈，引起身後官員的附和。

覃桂成暗嘆，此舉必會引起昪國注意，使他們對玥國有所戒備，反而弄巧成拙。當兩國關係越見緊張，戰爭或許便會一觸即發。只是覃桂成深知自己權勢不大，不似顏正輝有著根深蒂固的地位，因此不敢再出言相對。

夏宇聽見二人的意見，心中有數，暗讚覃桂成目光長遠。然而為了不打草驚蛇，加之顏正輝等人在朝廷裏重權在握，幾經熟慮，他終於點頭應和。

「顏卿之言正合朕意，就依愛卿之言照辦。眾卿家若無事啟奏，便跪安吧。」

「微臣叩謝皇上隆恩，臣必當盡忠職守，帶領軍士，保家衛國。」顏正輝朝皇上揖了揖，便告退了。其他官員見狀，行禮後便速速離去。

覃桂成本已轉身欲去，只見身後皇上的近身內侍張達安匆匆跟隨，上氣不接下氣地說：「覃大人請留步，皇上有話跟您說，請您移步到御書房。」

覃桂成心下忐忑，不知皇上為何要私下和他商討，趕緊急步轉身走往大殿。

「參見皇上，不知皇上召微臣來有何要事？」他雙膝而跪，恭敬道。

「覃卿家你來了。」夏宇微微俯身，語氣淩厲，「朕有一事欲委託愛卿，愛卿能否答應按朕之言辦理？」

「微臣必為皇上赴湯蹈火，皇上即管吩咐便是。」覃桂成連忙回應。

「好。朕要你替朕除掉顏正輝，但暫時不要打草驚蛇，適時朕自會知會你。」

「微臣遵旨。若無他事，微臣便退下了。」覃桂成戰戰兢兢的說，然而他心裏又隱約有被委以重任的喜悅。

「你去吧。謹記今日之事不得向任何人提起。」

「微臣必當保密此事，並隨時為皇上效勞。」覃桂成低頭俯腰，緩緩退出書房。

第四章
後顧之憂

晚上，御書房。

敬事房的領頭太監李公公捧著一個木盤，急步跨過木檻。書房內幽暗寂靜，只有一根蠟燭被點燃，發出微弱的光線。夜闌人靜，夏宇坐在書案前炳燭夜讀，書卷翻揭間偶爾發出瑟瑟聲。

「請皇上翻牌子。」李公公吊高嗓子喊道。

「朕今晚有要事辦理。」夏宇敷衍地招了招手，從語氣中能聽出他的不耐。

「皇上，這個月來，您政事繁忙，久未踏足後宮，晚上總是要批折子，各宮娘娘正等著您雨露均沾呢。」

「罷了。」夏宇隨意翻起了一塊綠頭牌，正是韻貴人的。

李公公躬身笑道：「擺駕長樂宮。」

韻貴人慕若華五官玲瓏，眉不描而黛，唇不點而朱，秀美之中又感其英姿颯爽，光彩照人，連看慣絕色的皇帝亦不禁為之心迷神往。

翌日，夏宇頒下聖詔：長樂宮慕氏，聰慧敏捷，深慰朕心。茲仰承皇太后慈諭，著即冊封為從三品嬪位，欽此。

詔令一出，眾妃嬪皆祝賀慕若華承恩之喜，太后也賜了慕氏「送子觀音」，以求多子多福。她成為了第一個被召幸的新晉妃嬪，兩個月內頻頻侍寢。聖眷正濃，氣焰如日中天，漸有凌駕於宸昭儀之勢。自此，未央宮越發寂寞冷清，嬪妃在爭鬥之間似乎淡忘了深宮裏的異族女子。

這是一個和煦的早上，耀眼和暖的陽光從密密麻麻的松針的縫隙間射下來，形成粗粗幼幼的光柱，正映著一名在樹蔭下休息的女子。

她身穿碧綠長袍，盤繞於頭上的髮髻插著一枝銀色髮簪，裝扮樸素而不失雅氣。臉上略施粉黛，雖素衣淡容，卻掩不住天生麗質——目如秋水，口若含丹，氣若幽蘭，明豔不可方物。世上竟有美人如斯——萬物為之傾倒，烈陽的光輝亦因此黯然失色。

然而她臉上似笑非笑，嘴邊還似乎帶著一絲幽怨。

在這個鳥語花香的庭院內，鳥兒在枝頭歡愉地歌唱，院內的桂花使得周圍花氣氤氳。她不禁自嘲一笑——雛鳥尚得自由，她呢？不過是兩國交易的禮品罷了。

即便是遠嫁異國，也對自己的良人有著些許的憧憬和幻想吧。然入宮兩月尚未被召幸，是有意還是偶然？沉晴苦笑，心裏戚戚。

遠遠有女子笑聲傳來，正是麗妃和韻嬪雙雙走來。沅晴瞧見麗妃，略略屈膝行了一禮。韻嬪位份於沅晴之下，卻只是掩嘴輕笑，不屑斂袖行禮。沅晴見麗妃在場，加之不願招惹是非，便忍讓不咎。

沅晴身後的小宮女蘭香第一次見到位份貴重的貴人，嚇得摔掉了手中的花盤，污泥濺上了麗妃的宮裝。沅晴告罪：「嬪妾管教下人不力，請娘娘寬恕。」

麗妃冰冷地嗤笑一聲，旋即吩咐內監小李子：「把這賤婢拖出去杖斃。」

沅晴心中不忍，思索一番，抬了抬手，道：「慢著！」

麗妃瞪著沅晴，語氣中帶有質問：「宸昭儀這是何意？莫非要與本宮作對？」

「蘭香剛入宮不曉得規矩，望娘娘寬恕她這一回吧。」沅晴低聲道。

麗妃挑眉：「如果本宮執意要責罰她呢？」

沉晴屈膝道：「蘭香不過區區一個宮女，娘娘身分貴重，莫為她失了身分。」

「宸昭儀既然知道娘娘身分貴重，卻仍執意要為小小宮女辯護，豈不是以下犯上？何況宮女衝撞嬪妃乃大罪，豈可輕輕饒恕。」韻嬪仗著麗妃撐腰，神色間漸見傲慢，囂張至極。

麗妃不屑地瞄了一眼小李子：「還不快去。」話畢長袖一揮，緩緩離去。

沉晴聽見遠處傳來蘭香的慘叫聲，直到聲音漸漸變弱，不禁一陣傷感：自己雖為昭儀，但連身邊的人都無法保護。她明白在爾虞我詐的深宮之中，依賴他人不過是無稽之談。她只能靠自己的力量，所以暗自決定，她要變得強大，不能軟弱。她旋即快步回去未央宮。

現在未央宮庭院裏站著許多太監，舉著幾大盒由沉晴的義父——昇國丞相沉彼贈來的禮物。這次她收到了幾箱新衣服，當中她那件低調精緻的白色狐皮大衣令她愛不釋手。沉晴拿上手掂了掂，看上去厚重的大衣實際上輕如薄綢，每根毛細得令人驚異。她隨即披了大衣上身，感覺像是被一片片細細的薄雲包裹著，不禁讓她讚歎其做工精細。

另外還附有幾個木匣，內裏是一些首飾。雖然況晴早已見慣這些貴重東西，但能收到母國的東西總是能平復她的鄉愁。況晴拿出幾件捻了捻，當然其中令況晴最喜愛的是幾疊昇國書籍。

待那些內侍將這幾箱禮物都搬入內廳，況晴馬上冷起剛剛裝出來的盈眉笑顏，轉身拿起那件白色狐皮大衣，解開扣子，在內領裏面翻出一封被折得很細的家書。

「世言楚王寵妃鄭袖為秦內間，屢助張儀化險為夷。吾深受皇恩，爾為吾之義女，當效仿古人，為國效力。」

這才是送禮真正的緣由。

況晴闔眼，她並不驚訝，她其實早該清楚，儘管他的父親是發自內心地疼愛她、她的妹妹也是毫無保留地信任她，但自從況晴進入昇國相府的那一天開始，便注定了她是這廣大佈局之中的一枚微不足道棋子。她突然覺得渾身痠軟了下來。即便她從小如何努力地逃離飢餓、逃離死亡、逃離別人的謾罵和冷眼，她還是逃不過命運。

她說不上她到底愛不愛昇國。但她清清楚楚記得，曾經有一個晚上，蟬聲不絕於耳、樹影婆娑紛披。兩個少女正在床榻上看著窗外的星星。妹妹眨著眼，問自己：

「姐姐，那些士兵們血戰沙場，為的應該不只是盡忠報國吧？」

「是的。一個人很難愛國家多於愛自己。」況晴的聲音在夏夜雜沓的低吟中分外清晰。

「他們在戰場上衝鋒陷陣，因為他們選擇要保護自己所愛的人。」

況昕聽罷，綻放出了一個單純的笑容。

她們當時為甚麼會聊到這些，況晴已經不記得了，但她永遠都不會忘記妹妹當時的笑容。也正是這個笑容，讓她決定即使粉身碎骨，也一定要保護好父親和妹妹——是父親，而不是義父；是妹妹，而不是義妹。對況晴來說，她真正的家人只有況彼

和沉昕。對她來說，世上最重要的人也是他們兩個，其他人比起他們來說都不值一提。

今天的種種都使她倦乏不堪。她早知道，昇國玥國對峙日久，雖然維持著表面上的風平浪靜，卻抵不住兩國君主野心勃勃，試圖一統天下。再加上這張信條……沉晴忽然意識到昇國和玥國將來或會面臨甚麼，她不禁一陣心悸。

「娘娘，您還好嗎？」巧倩見沉晴筋疲力盡之狀，便出手攙扶。

「本宮無恙，只是乏了。」

「那麼奴婢侍奉您更衣吧。」

那晚宮中風聲鶴唳，而沉晴目不交睫，直到天明。

第五章
便嬛綽約

承坤宮中，太醫院資歷最高的張太醫張晉泓站在妃椅旁邊，二指隔住薄紗輕按在麗妃手腕經脈流動處，仔細地為麗妃把脈。

麗妃揉著額頭兩側的太陽穴，憂心道：「張太醫，本宮最近總覺得頭暈胸悶，食慾不振，是得了甚麼病麼？」

張太醫突然瞪大眼睛，撲通一聲跪在地上。

「恭喜娘娘！恭喜娘娘！」

「張太醫，我們娘娘怎麼了！你快說！」一直在麗妃旁邊的芯悅看見張太醫高興的樣子，亦難掩興奮之色，臉頰漸漸紅潤起來。

「稟告娘娘，方才微臣為娘娘把脈時，發現娘娘脈象流利，如珠滾玉盤，這是喜脈啊！加上娘娘剛才所說的症狀……」張太醫一臉喜色。「娘娘，您這是有喜了！」

「此話當真？」麗妃又驚又喜，雙眼頓時炯炯有神。

「從娘娘的滑脈來推算，此胎應該有兩個月了，娘娘您這兩個月來……」

芯悅會意，緩緩道：「娘娘這兩個月來月事推遲，又不斷有暈眩、作嘔的徵狀……」

「娘娘必定是懷上龍嗣了。要切記保重身體，調整日常作息，飲食上也要加倍留意，煎炸、寒涼的食物還是不吃為妙，補品不宜進食過多……」張太醫不厭其煩地叮囑芯悅等人麗妃膳食上要小心之事，又告訴麗妃懷孕需注意之處。

「有勞張大人費心了。」麗妃不禁從心底瀰漫出歡喜來，白皙的臉龐泛出一抹嫣紅。

「微臣必會盡心竭力。娘娘，臣這就回去會為娘娘調配安胎藥，請娘娘按時服用。微臣告退。」張太醫說罷便緩緩退出。

「恭喜娘娘！賀喜娘娘！皇上膝下子嗣猶虛，若是娘娘誕下龍子……」芯悅喜形於色，笑容滿面。「說不定會成為儲君呢！」

麗妃笑逐顏開，卻佯怒道：「說甚麼話呢！要是被別人聽到了，可要被拔掉舌頭的。本宮可不會為妳求情！」

芯悅笑道：「托娘娘和小皇子的福，奴婢才不會被罰呢！」

兩主僕嘻嘻鬧鬧了半天……

麗妃懷孕的消息隨即蔓延開來，不消半個時辰，這消息便傳到了夏宇耳中。

夏宇向身後的張達安揮了揮手，他立即會意，急忙走到皇帝身旁，恭敬地俯身等待皇帝的吩咐。

「你去找張太醫過來，朕有事要與他傾商。」夏宇故意壓低嗓子，臉上的表情紋風不動，令人難以揣測話意。

張達安應聲走出了大殿，急步走向太醫院。

「大人，皇上請您去一趟御書房。」他彎腰恭敬道。

張太醫隨後立刻放下手中的秤子和草藥，隨著內侍匆匆趕到御書房。

「微臣參見皇上。」

「嗯，起來吧。」夏宇微笑著揮手，眾人都識趣地退下。

待眾人離開，夏宇的臉色便慢慢沉了下來，使得張太醫不由冷汗涔涔。

「張晉泓，朕的意思，你還不明白？」

張太醫聞言神色驚恐，忙跪下道：「恕臣愚昧，請皇上明示。」

夏宇目光凜冽如冰，緩緩道：「有些妃嬪有孕也不見得是好事兒。她的孩子……」夏宇頓了頓，面容竟略顯哀傷。「終是不能留的。」

張太醫聽了夏宇的話，心中一凜：「麗妃腹中胎兒……」他隨即鄭重跪下叩頭：「臣定不負皇上所託。」

「你看著辦吧。」夏宇說罷執起案上毛筆，蘸上硯墨，低頭忙著寫字。

張太醫隨即轉身離開，不敢再打擾皇上。

力透紙背、剛中帶柔的草書寫著：茲承太后懿旨，承坤宮顏氏麗妃毓質名門，佐治後宮，孝敬性成，溫恭素著，著晉封嘉麗夫人，以彰淑德，欽此。

拿起紙張仔細端詳一番，夏宇才把紙張遞給身邊的張達安，讓他將晉封之事傳開。

第六章
是亦因彼

詔令一出，合宮皆驚。嘉麗夫人的突然懷孕已經使六宮妃嬪寢不安蓆，何況顏氏有孕即封為正二品夫人，賜雙字封號，更是前所未有的殊寵。嘉麗夫人風頭漸盛，竟隱約有六宮之主的架勢，這使莊貴妃心裏惴惴不安。

「稟娘娘，承坤宮顏氏懷孕有兩個月了，聽說不日就要晉顏氏為夫人呢！」

「這不剛剛有孕嗎，怎麼就晉她位分了？」莊貴妃聽到靈芝的話，不禁眉頭微顰，心旌搖曳。

「何止是晉封，皇上更親擬封號『嘉麗』呢！」

「本宮侍奉皇上多年，也不過得了個『莊』字為封號，皇上是在暗示著甚麼嗎？」莊貴妃不由嘆道。她十四歲便嫁入府中，一向自詡資歷最深，與后位只有一步之遙，如今卻感覺到了前所未有的威脅。

「娘娘別亂想了，嘉麗夫人不過是仗著有身孕罷了，皇上自然是更屬意娘娘的。」

「最怕皇上只顧關心她腹中胎兒，把本宮給忘掉。屆時顏氏若誕下龍嗣，豈不是更無法無天了？」

「本宮若是再放任承坤宮一枝獨大，后位恐怕就是顏氏的了。」莊貴妃冷笑。

「娘娘的意思是？顏氏之胎……要不要留下？」靈芝瞧著莊貴妃，試探著問。

「此事不急。」莊貴妃明白靈芝所指，回答道。「不過，」她頓了頓。「皇上身邊，是該有人服侍了。」

靈芝似是忽地想起一人，低聲道：「奴婢瞧著未央宮沉氏是異國女子，在後宮裏無依無靠，倒可以為娘娘所用。」

「沉氏入宮三個月來尚未侍寢，怕是等急了吧。看來本宮是要助她一臂之力。」貴妃想了想。「靈芝，準備些點心，本宮要去一趟御書房。」

「是，娘娘。」

雖說逢上宮中喜事，宮裏卻似乎冷清得很。秋意襲來，帶著微微寒冷，灑落一地殘黃。落葉在秋風中瑟瑟發抖，有說不盡的愴然和失意。

一個小太監匆匆走進御書房，道：「皇上，莊貴妃求見。」

夏宇面無表情：「宣她進來吧。」

「嬪妾參見皇上。」

「快平身，貴妃怎麼來了？」夏宇笑意淡淡，只是眉宇間有隱藏不住的疲勞。殘葉簌簌落地的聲音從窗外無聲潛入，彷彿映襯了無數人淒切的心境。

莊貴妃亦略顯疲態，但總不忘掛著一絲得體的微笑：「臣妾是來跟皇上道喜的，恭喜皇上。」

「愛妃有心了，朕還有折子要批，你先回去吧，朕辦妥事情後，就來瑰元宮看你。」皇帝目不轉睛，聚精會神地看折子。

「皇上，這樣批折子勞費心神，您休息一下吧。」莊貴妃又端起一碟糕點。「臣妾特地命小廚房準備了您喜歡的桂花糕，您嚐嚐味道如何。」

夏宇終於放下手中的筆，拿起一件晶瑩剔透的桂花糕放進嘴裏，笑道：「你來找朕到底有甚麼事。」

莊貴妃細細看著牆上的畫，笑道：「這幅錦繡春景圖，奼紫嫣紅開遍，百花各司其職，果然是極美。」

「貴妃甚麼時候喜歡賞畫了？」夏宇知曉莊貴妃另有所指，笑容不覺淡了淡。「說話不要拐彎抹角，有話直說。」

莊貴妃卻不顯慌色，笑意更濃：「臣妾只是想著，宸昭儀入宮三月，尚未被召幸，豈不是冷落她了嗎？」

夏宇只是淡然道：「她若真有本事，自然能討朕歡心。」他擺了擺手，神色冷漠。「你先退下吧。」

貴妃才緩緩退出御書房，待她走出房子，靈芝就道：「娘娘犯不著為了個不相識的宮嬪討個沒趣。」

貴妃卻不在意地揮了揮手道：「你當本宮說的話都是白說嗎？況且宸昭儀至今仍未被召幸的原因……」德妃緩緩道。「皇上亦未必是全然不知吧。」

「帝王的意願怎容他人操控。嘉麗夫人撤掉宸昭儀綠頭牌一事——皇上不過是隱忍不發罷了。」

另一邊，未央宮因嘉麗夫人有孕，越發顯得冷落淒清。眼看況晴不怎麼得寵，宮裏上下，人心惶惶。

「皇上自娘娘進宮以來，從未召見娘娘。嘉麗夫人有孕不能侍寢，旁人自然可以趁虛而入。恕奴婢直言，娘娘為甚麼不為自己爭口氣？況且，以娘娘這般姿色，」巧倩左顧右盼，故意壓下聲音。「皇上見了定會念念不忘。」

沉晴嘆道：「終究是本宮無能，自不能坐以待斃。」她思忖半晌，心中已有了主意。

第七章
晴雲秋月

八月十五夜晚，宮中舉行中秋宴。

成鴻殿內載歌載舞，排成一列的歌姬隨舞曲起舞，楊柳細腰，儀態萬千。殿內的橫樑掛滿了喜慶的燈籠，左右兩側坐滿了皇族妃嬪。後妃們亦是打扮得花枝招展，濃妝豔抹。

夏宇接過酒杯，朗聲道：「今日是家宴，大家不必拘束。」

「是。」眾人異口同聲，敬了酒便坐下。

「皇上，」嘉麗夫人徐徐起身，柔聲道：「今日是中秋，臣妾祝皇上龍體安康，玥國國泰民安。」

夏宇語氣溫和，捧著嘉麗夫人雙手，輕輕呵氣道：「愛妃有心了，你剛懷上孩子，小心別要著涼。」他又旋即看向一個小宮女。「還不快拿一件披肩給娘娘。」

嘉麗夫人眼中有溫情浮漾，連聲道：「謝皇上。」

莊貴妃壓下心裏的不快，強忍道：「臣妾倒有一段時間沒見宸昭儀了呢！」

忽聽見琴聲悠然響起，眾人便不約而同地安靜下來。婉轉低沉的琴音，委婉如潺潺流水，勾勒出動人的美感，似是一下子把人帶進了安寧的心境。

眼前的舞姬緩緩退下，只餘一位女子開始翩翩起舞。女子一襲紅衣，頭上斜簪著銀鍍金嵌珠寶蝴蝶簪，簪上的紅寶石更是鮮豔奪目。寬廣的長袖口遮住女子半邊臉，夏宇和其他妃嬪無一能辨出她的身分。她輕舒長袖，手腕輕挑，手指彈動，不費吹灰之力，衣袖便在她手中一層層整齊的疊好，如變戲法般奇妙，一顰一笑間散發出說不盡的嫵媚和妖嬈，攝人心魄。婀娜舞姿，如花笑靨，一瞬間竟似有無數嬌豔的花乍然綻放，眾人的目光便立刻被她的魅力所吸引住。

婉轉的樂曲奏起，長袖在空中緩緩地晃動，女子修長的手指將袖管完全撐開，畫出一條條完美的弧線。衣袂飄逸，長袖繚繞，似波浪被微風掀動，高低起伏不一。她的舞姿如游絲飛絮般輕盈，如水月觀音般迷人，宛若翾風回雪，恍如飛燕游龍。女子指若春蔥，口若含丹，果然嬌豔動人——嫣然一笑而大地回春，驚鴻一瞥而百花盛放。

此時琴聲驟然轉急，匆匆如飛瀑流泉。空中亦傳來咻咻振動聲，只見女子忽如捲在旋風中的樹葉，翩翩旋舞。她長髮如瀑布般傾瀉而下，在風中凌亂飛舞；眸子宛若盈盈秋水，脈脈含情；回眸一笑，使人為之魂牽夢縈。一雙長袖圍繞住女子纖腰飄動，凌亂的紅影閃動間，女子顯然已陶醉於樂韻及舞蹈間，忘卻宴席間眾人的目光。她越發盡興，越轉越快，纖足輕點，竟突然自地上躍起，長袖從兩脅間飛凌而出，猶如飛燕於掌上起舞，豈是驚艷二字足以形容！

「果然妙極！」「天人之姿啊！」大殿中旋即傳來陣陣掌聲，驚歎之聲不絕於耳。

夏宇亦是龍心大悅，笑道：「這跳舞的是……」

舞者不卑不亢，屈了屈膝：「臣妾乃昭儀況氏。」

夏宇聽罷雙眸一亮，笑意更濃：「朕竟不知朕的後宮竟有這樣一個妙人兒。」

嘉麗夫人觀舞後本就心裏不快，聽罷想起當日吩咐張達安撤掉況晴綠頭牌一事，心裏越加侷促不安，臉色微微發白，卻是嬌嗔道：「皇上又得佳人了。」

夏宇揉了揉太陽穴，貌是不欲多留，他身後的張達安見狀忙上前，問道：「皇上今晚是要宿在……」

莊貴妃笑道：「自然是未央宮了。」

張達安瞟了一眼夏宇，見他並未反對，便提高嗓子，尖聲道：「擺駕未央宮。」

夜色深沉，萬籟俱寂，為中秋之夜平添幾分靜謐和神秘。

在一番爾虞我詐與觥籌交錯之後，況晴隨著夏宇一起回了未央宮。途中夏宇吐屬大方，風度翩翩，顧料到妃嬪們初與天子交往時常有的自矜，兩人之間的距離也拿捏得很好。只是夏宇越有分寸，況晴便越冷了興致。

昇國人民渾性放曠，不甚檢束；相比之下，玥國人言談舉止普遍含蓄蘊藉，講究禮數。雖說況晴已經來了這裏一段時日，是該習慣了，但是她依舊不得不謂心寒——夫妻之間理應最無防備，但他們現在正互相顧忌。況晴知道，後宮妃嬪和帝王並不是尋常夫妻。夏宇生於帝王之家，捉摸顧忌是自幼耳提面命的道理。她不討厭這個男人，只是對如此境況的失望。若夏宇舉止能無措一些，言談能笨拙一些，她反而會欣然與他交往，可她始終無法對夏宇放下戒心。

至於他們是甚麼時候回到宮中，況晴已經不記得了；而當皇帝停止與她賞玩古瓶、吟詩作對的時候，況晴便清楚知道接下來會發生甚麼事情。她俏媚一笑，順從地依了他的意思。

窗外月影迷濛，廊間燈火搖曳，照亮一室旖旎。

翌日，夏宇詔告六宮，封未央宮況氏為從二品宸妃。

第八章 東趨西步

金鑾大殿上。

夏宇正襟坐在氣勢磅礡的龍椅上。男子如黑曜石般澄亮耀眼的黑瞳，閃著凜然的英銳之氣，在看似平靜的眼波下暗藏著銳利如鷹般的眼神，配在一張端正剛強、宛如雕琢般輪廓深邃的英俊臉龐上，更顯氣勢逼人，眉目之間不怒自威，目光如刀，所及之處無不使人感到壓抑無力，恐懼油然自生。昇國在邊防佈兵的舉動使年輕皇帝面色更為深沉，渾身寒氣迫人，整個朝堂上氣氛相當壓抑，沒有一個人開口說話，就連呼吸也都小心翼翼，生怕稍有不慎，便不幸成為砲灰。

當然凡事總有例外，有些人偏偏要去觸碰皇上的逆麟，尤其顏正輝因其女嘉麗夫人懷有龍孕而越發得意。顏正輝見機會難逢，樂極忘形，也顧不得皇帝陰沉的臉色，雙手拱揖，神色之中卻帶有一絲自傲，開口道：「啟稟皇上，皇上登基已有一年，六宮之事雖有莊貴妃協理，但后位一直懸空，一國不能無后，尤其是如今昇玥兩國關係緊張，微臣認為皇上應儘快冊封后位，以安定民心。」

夏宇扶額，兩指輕按眉心，眼裏隱隱閃爍著怒火，諷刺道：「哦？那麼愛卿認為，該立哪位妃嬪最為妥善？」

顏正輝低頭不語，臉上暗露得意之色。

顏正輝的心腹接道：「稟皇上，微臣認為嘉麗夫人毓質名門，盡心盈力佐治後宮，品行端莊，賢良淑德。如今娘娘喜懷龍裔，為皇上繼後燈火，實為后位的不二人選。」

夏宇畢竟對顏正輝有所忌憚，深知此時不能與其硬碰，緩下語氣：「此事容朕三思，改天再議。」說畢，雙手一擺，一聲「散朝」，邁開步子，轉身離去。

夜，靜靜的，月光照在大地上，彷彿是一層輕紗，又彷彿是一層濃霜。靜夜是美好的，但也透露出一點點淒涼，讓人不禁感到絲絲的感傷。此刻的夏宇仍在為朝堂之上的混亂煩心，其實他對立后一事早有打算，只是昇玥兩國關係突然變得緊張，朝堂上，顏沈兩派爭鬥不休，局勢越來越混亂。內憂外患之下他不得不小心做決定，稍有不慎隨時落得身死國滅的下場。

正當煩心之際，夏宇腦海中忽然浮現一張傾城絕色之臉。失神之際，腳下步伐加快，不自覺間邁步往未央宮去。回神，才驚覺自己像個傻子一樣筆直地站在未央宮門前。

夏宇自嘲一笑，自從與沉晴共處一晚後，少女在他懷中的嬌羞模樣便使他魂牽夢縈，不過幾日不見，想見她的慾望越加深切。呵，他的自制力何時變得如此薄弱。

他踟躕了一陣，最終還是走進了未央宮。

從沉晴的貼身宮女巧倩口中得知，她正在內廳的書齋裏研讀經書。他噓聲叫巧倩別通報給況晴，斂了腳步聲，走向書齋。

不過況晴早已聽到了外面的動靜，心中也有了大概。沒等夏宇走進內廳，他便看到況晴拖著青色素裙款款而來，便叫她坐到身旁，與他一同賞酒。況晴自幼聰穎過人，亦善於觀言令色，又豈會察覺不了眼前人有煩心事呢。只是此刻的夏宇於況晴而言不過是個薄情的君王，她也不願多語，只是靜靜看著男子一杯復一杯的把酒灌下。

半晌，男子似乎未有意停下，見到夏宇俊美的臉上雙眉微蹙，況晴猶豫了一會，還是開口問道：「皇上似乎有煩心之事，未知臣妾能否為陛下分憂？」

見夏宇沉默不語，況晴早已把事情猜出了個大概，想了想，把心中猜想道出：「皇上登基已久，后位一直懸空，如今嘉麗夫人為皇上懷上龍子，想必朝中大臣是為皇上立后之事著急了。恕臣妾直言，臣妾斗膽猜想，皇上是決不會立嘉麗夫人為后的。」

夏宇挑眉，笑問：「愛妃何以見得呢？」

況晴神色自若，只道：「今顏大臣權傾朝野，野心勃勃，勢力日益增加。顏沈兩派一直互相掣肘，才使朝堂勢力勉強保持平衡。若立嘉麗夫人為后，定使顏大臣風頭更盛，兩派勢力失衡。想必皇上是不會輕易讓這種事發生的。」

夏宇欣賞地望著況晴，眼前的可人兒巧笑倩兮，美目盼兮，水汪汪的雙目閃爍著。他想況晴定不知道自己此刻的模樣有多美，夏宇一直驚於況晴出塵的美貌，卻認為她也不過是一般三步不出閨門的典型女子，殊不知況晴卻是見解獨到，把朝中局勢看得通透，對她的欣賞更甚。

聰慧的女人總是令人欣賞的，聰慧又美麗的女人則更加令人難以抵擋。與這樣的女人朝夕相處日夜相伴，心靈的淪陷只是早晚。夏宇細思及此，連忙告誡自己要多加防備。

況晴見皇上不語，自己怕是說錯了甚麼，頓時有點慌了：「臣妾斗膽妄議朝政，望皇上恕罪。」

夏宇擺手，說：「愛妃勿怕，你只是說中了朕心中所想罷了。」

況晴凝望自己的夫君，這位一國之君不過二十五六，身上卻承擔了一國的命運，全國人民的生死都掌握在他一人手中。他似乎承擔了超乎年齡所能承受的責任。想著，竟開始同情起夏宇來，便拿起酒杯，默默陪著夏宇杯酒解愁。

房內氣溫漸升，曖昧的氛圍使兩人燥熱。

大殿外燭光搖曳，畫屏內儷影成雙。

第九章
邊塵不驚

接下來的一段日子，夏宇幾乎每晚都來了未央宮。但要說沅晴是從甚麼時候開始喜歡上夏宇，那便要從這裏開始娓娓道來。

雨淅淅瀝瀝地下著，雨水從屋簷慢慢流下來，在地面上匯聚成一條條小溪。

沅晴半倚在躺椅上，手裏捧著一卷書細細品讀。

此時，一雙溫暖厚大的手搭上了她的肩膀。沅晴嚇了一跳，轉身望去，竟是夏宇。

「臣妾拜見皇上。」沅晴連忙向夏宇盈盈行禮。

夏宇溫柔地把沉晴扶起。沉晴站定，只見夏宇眼底泛起淡淡烏青，他注視著沉晴，沉默無言。沉晴見夏宇臉色疲倦，亦不願打破這份沉默，兩人就這樣面對面站著，默默不語。

良久，夏宇開口：「朕想微服私訪，在京城走走，不知愛妃願不願意與朕一同前往？」

沉晴與夏宇便換了一套輕便的服裝，在細雨朦朧中撐著紙傘，在街上緩步逛走。下雨，大家都慌忙狼狽地找地方躲避，只有幾個調皮的小朋友在雨中嬉戲玩耍，大步跳進水窪裏，濺得滿身泥濘，臉上仍是笑容可掬。夏宇見此歡樂之景，嘴角不禁微微上揚。

沉晴聽見身旁之人的輕笑，側頭望向他。此時的夏宇眼中笑意直達眼底，唇角微微勾起，漾出好看的弧度，黑曜石般的眼睛裡有著柔柔的光。沉晴怔怔地凝望夏宇，她在宮中見到的夏宇總散發出壓抑的氣息，令人心生敬畏，就連偶爾的一笑都是點到即止，眼中毫無波瀾。

還是第一次見到他笑得如此開懷呢……沉晴微微一笑，低著頭小心翼翼地在滑溜的石板路上行走。

隨著夏宇，況晴來到了一座破舊的廟中。眼見廟的正中央那因年久失修而鏽跡斑斑的佛像，況晴苦笑了一聲。她小時候每逢下大雨時，都會匆忙地跑到破廟中避雨。她曾無數次向著佛像誠心祈求著，但每日的生活仍是落魄不堪，有一餐沒一餐。她從小到大都深信，她，誰也不能依靠——她，只能靠自己。

「謝謝公子！您真是個大好人！」一把激動的聲音打斷了況晴的回憶。夏宇的四周圍著幾名躲雨的乞丐。他手中拿住幾包乾糧，正在分發給那些餓得皮包骨的乞丐們。乞丐們懷著感激，拿著乾糧不斷向夏宇道謝。夏宇微笑著邊擺手，邊與況晴攜手離開破廟。

況晴對夏宇笑道：「皇上體恤民情，對百姓們關懷備至，實乃一代明君。」

「愛妃此言差矣。朕給予寥寥幾人一時之需，不過是些小恩小惠，非明君所為。」他笑了笑。

「若能解救黎民百姓於水火之中，方為仁，方為大愛。」

沉晴心中一驚，須知剛才所說不過是些奉承之言，殊不知夏宇竟有如此胸襟和魄力，不由得認真起來，鄭重道：「惻隱之心，仁之端也。為君者，若能以不忍人之心，行不忍人之政，則天下國泰民安指日可待也。」

夏宇臉上不禁浮起欣賞的神色：「朕每次獨自微服私巡，見到盡是百姓受盡權貴欺凌，那些無家可歸之人被他們羞辱，苦不堪言。」說到這裏，夏宇神色一沉，「朕不知，還有多少這樣的悲劇在朕看不到的角落發生著。」

沉晴一愣，往日的種種浮現在她的眼前，耳邊響起了那些令她不堪回首，避如蛇蝎的聲音。

一間破舊不堪，千瘡百孔的小木屋中，小女孩跪在床邊，緊握著床上那雙枯瘦，佈滿傷痕的手。「孩子……對不起……娘勞勞碌碌大輩子，還是沒能給你安穩的生活……」「娘！不要走！」女孩驚恐地叫道。

「你這個骯髒的乞丐，快走開！我主人從未欠你們工錢！別給我家主人招晦氣！」一名小女孩被人從府門中推了出來，跌坐在地上。「我娘……」小女孩正欲爭辯，府門卻已猛的關上。周圍的人議論紛紛……

況晴側目看著夏宇，見他言語間目光閃爍著對理想社會的嚮往：「朕最大的心願是希望朕的子民能餐餐溫飽，無憂無慮，平平安安地生活。」夏宇停下腳步，目光飄向遠方，緩緩道。

無憂無慮的生活嗎……也許是從母親離她而去的那刻，她的心，就冰封了。夏宇口中所描繪的那美好世界是否有來臨的那天呢？況晴幻想著，心中湧入一股暖流。漸漸地，包裹在她身上的硬殼第一次在夏宇面前悄悄地土崩瓦解。雨停了。兩人徐步前行，相對無言，但不知不覺間，兩顆心卻漸漸靠近。

雨後的陽光過灑在夏宇身上，微風輕輕拂過，她的心跳，漏了一拍。

人都需要他人的理解與接納。夏宇生性高傲，自幼志向遠大，憂心的是民生、著眼的是理想，每日每夜都在研究如何能整治國弊，築成他的理想國。倨傲如他不屑了解宮中瑣事，宮中侍從來來往往，但是他們都專注在爭名逐利，因此無人能夠理解他，與他同喜同悲，所謂古來聖賢皆寂寞。雖然況晴並不能完全理解夏宇，但是她勝在聰慧，視野比他人更開闊、思想也更成熟，有資格同夏宇一起站在江山的頂端，看見同樣的光景，因此夏宇也更屬意與她交往。

在一次次的交談中，她漸漸了解到夏宇的為人，接受了自己這位夫君。況晴受寵，使未央宮一時風頭無兩。

第十章
日漸月染

轉眼已至初冬，梅花鬥霜傲雪，在灰矇的天色下，簇簇紅梅在寒風中搖曳，吐露迷人的芬芳。漫天飄雪，幾朵紅梅點綴枝頭，為這清晨帶來一種詩意的寧靜。

況晴在清晨之中獨自漫步，享受這短暫的靜謐。雪如飄絮，無聲無息地落在花瓣上，在枝枝蔓蔓中，況晴不禁輕歎這美好景色。

夏宇批完折子，走到御花園透透氣，在遠處看見一抹倩影。夏宇動身前移，想一睹芳容。他慢慢靠近況晴，雙手圍繞著況晴，從背後緊抱她。況晴見是皇上，心中一甜，便順從地依偎在夏宇懷中。寒風凜冽，況晴在夏宇的懷抱中，卻感溫暖。兩人之間的擁抱凝止著，彼此似乎都不願打破這片刻的美好。

終是沉晴開口說話，柔聲問道：「皇上……您喜歡臣妾嗎？」

喜歡嗎……

他從未如此為一個女人心動過，彷彿與她在一起時，所有的色彩都淡去，只有她是最鮮活最醒目的存在。

忽然之間就有種掉入了萬丈深淵的感覺，但是他卻心甘情願。

夏宇思量片刻，微微一笑，貼近沉晴的耳朵，低沉而誘惑的聲音挑逗著：「喜妳為疾，藥石無醫。」夏宇在沉晴耳邊呼氣，有說不盡的灼熱、性感。沉晴白皙的臉頰透出緋紅，如灼灼桃花，動人心弦。

「皇上，」沉晴心念一動，幽幽問道：「怕不是對誰都如此喜歡吧？」

「朕是天子，」夏宇遲疑了片刻：「或許不能許你一心一意的夫妻安穩。」他又接著說：「但是朕對你的心意——」

「是獨一而無二的。」

「朕要六宮知曉你在朕心中的份量。朕只希望，」夏宇又一次在沉晴耳邊喃喃細語：「此生長久，攜手共度。」

歲月靜好，與君語；細水流年，與君同；繁花落盡，與君老。這或是後宮女子卑微而不切實際的夢吧？

「若我白髮蒼蒼，紅顏遲暮，你會不會依舊如此，牽我雙手，與我共度漫漫歲月？」

「執子之手，與子偕老。」

沉晴緊緊按捺著自己的胸口，似是要壓抑此刻的怦然心動。

此刻她不願再以「臣妾」自稱；此刻他們只是世上一對平凡的夫妻。

然他終究是帝王，是一國之君。

帝王之情，本不是她該奢求的。

夏宇看著低垂著頭的沉晴，長睫搧動，瓊鼻朱唇，不由得心中一蕩，勾住她的脖子，未盡的語聲淹沒在滿是情意的吻裏面。他為女子明豔動人的笑臉而著迷，漆黑眼珠中的愛意如海般深沉。

此時此刻，以吻緘口。

但沉晴不知，這一刻的真心相許，是她一生最美好的夢。

忽然一太監急急忙忙地跑過來，打擾了二人的興致。夏宇略顯不滿，沉聲問道：「何事如此慌張？」

「稟皇上，麗妃娘娘方才突然出血，劇痛無比，張太醫已前往搶救，娘娘腹中龍胎恐怕……不保了。」

聽見這個消息，沉晴的臉上一改往常的平目凝容，露出了些許驚異之色。一個脆弱的生命就這麼逝去了……她還是不禁感慨這裏的變化之快，須臾之間宮中局勢便有翻天覆地的變化了。

夏宇神色自若，臉上並沒有太多的驚訝，只是起身邁步往承坤宮走去。

然而，夏宇的一臉冷漠看在沉晴的眼裏卻是不由得感到心寒。沉晴性子冷，不喜與人交往，與嘉麗夫人並無交情，饒是這樣，聽到她流產的消息也不由得一愣，為其感慨萬分。

反之，夏宇反應冷淡得令人不敢置信。自古帝王薄情，他朝一日自己會否落得如此下場……

夏宇與況晴步履匆匆地趕來，卻見顏欣妍滿額冷汗，咬緊牙關，緊緊抓著夏宇的手呼道：「皇上，臣妾的肚子好痛，臣妾的肚子好痛！」

夏宇眼中閃過一絲不易察覺的憐惜，道：「張太醫乃杏林高手，定能保住孩子。」

此時顏氏喘聲越發急促，面容也越發扭曲，整個人蜷縮在床內，上氣不接下氣地道：「皇上……臣妾的孩子……臣妾的孩子……」

夏宇神色間越發不忍，張太醫見狀便上前，躬身道：「皇上，房內血腥，請皇上和娘娘到側殿等候。」

殊不知，夏宇和況晴才剛剛離開，顏欣妍已經暈了過去，床上鮮紅一片。

天色矇矓，烏雲密佈，落葉瑟瑟，更添淒楚。

「稟皇上，嘉麗夫人胎死腹中。卑職無能，未能保住嘉麗夫人的胎兒，求皇上降罪。」

「朕累了，你退下吧。」夏宇揉揉眉頭，疲倦地說道。

第十一章 出自心裁

朝堂之上。

顏正輝低著頭思索著。

他知道，顏欣妍此次流產必定事有蹺蹊，他定要暗中徹查此事，為受了如此苦難的女兒討回公道。

偏偏此時，一大臣雙手作揖，道：「稟皇上，早前顏大臣提出立后一事，雖今嘉麗夫人不幸流產，但后位確是不能一直懸空，嘉麗夫人身子虛弱，需時間復原。莊貴妃自皇上登基後便一直協理六宮，打理後宮有條，端莊大度，品格溫良，實應立為皇后。」

「是啊。皇上，莊貴妃侍奉皇上多年，在宮中資歷深厚，實為后位的不二人選。」

顏正輝心中不忿：「皇上，嘉麗夫人知書達禮，與皇上感情甚篤，請皇上三思。」

「罷了，朕心中自有數。」夏宇轉身便去，邁步走向御書房。

翌日，皇帝頒下立后詔書。

「奉天承運，皇帝詔曰：朕登基以來，中闈久虛。貴妃沈氏，崇勳啟秀，柔嘉表範，宜昭女教於六宮。禮度攸嫻，雍肅持身，應正母儀於萬國。早從潛邸，克嫻內則，協女箴之婉娩。式昭玉度，本天賦之溫莊。凜芳規於六宮，夙夜維勤。表懿範於嬪妃，言容有度。宜正位中宮。茲仰承太后懿命，以金冊金寶立爾為皇后。爾其誠孝以奉重闈。欽此。」

顏正輝心下憤憤不平，皇上竟要立沈魯之女為后？自己的女兒才剛流產便要立他人為后，這不是要丟他的面子，成心打壓他嗎？

莊德皇后的冊封大典上，顏正輝心有不甘，瞧見沈魯得意洋洋，沈玉珍鳳翥鸞翔，朝中大臣竭力巴結恭賀的景況，如果他的女兒沒有流產，現在皇后之位便非她莫屬。顏正輝心旌搖曳，心裏漸漸生出絲絲恨意。

正值梅花盛開之季，夏宇忽發雅興，邀請了合宮妃嬪到御花園一同賞梅。

宮中的梅花大多是紅梅，它的紅不像牡丹般豔麗，不像杜鵑般搶眼，而是淡淡的紅，在一片白茫茫的雪景下點綴其間，綻放出異樣的美麗。

「這梅花在雪中開得真美啊！可顏姐姐留在宮中休養身子，不能親眼目睹，真可惜！」韻嬪望著梅花，自言自語地嘀咕道。

這句恰好被齊正梅給聽到了。「若是姐姐看到如此漂亮的梅花，必然會很開心。不趁現在去看梅花，恐怕要等下一年才能再看到。」

韻嬪故意壓低聲線道：「都怪那個異族的賤人！」

齊正梅聽後大吃一驚，輕聲道：「妹妹何出此言！」

「姐姐沒聽說過嗎？顏姐姐流產，宮中眾人皆云這事不是意外，而是有人故意為之！」韻嬪轉頭確認況晴不在附近，才道：「聽說啊，顏姐姐有孕時常要服安胎藥，後來有人懷疑是藥中加入了其他藥材才導致落胎的。整個後宮，就只有未央宮有收藏這些藥材，你說這件事還能是誰做的！」

「未央宮那狐狸精，一進宮便有如此高的名份，上次跳舞勾引皇上也就算了，還嫌不夠，非要和顏姐姐爭寵，真是可惡！」齊正梅聽後不由對況晴心生厭惡，斜眼向況晴背後瞪了瞪眼睛。

不料莊德皇后在後面傳來冷冷一句：「後宮容不得興風作浪的人。齊嬪、韻嬪，說話之前切記三思。」

話音才落，韻嬪和齊正梅背後傳來一陣涼意，隨即韻嬪便補上一句：「大家都不知道事情的真相，純粹猜測罷了。難道皇后娘娘……知道幕後主謀何人？」結合韻嬪質問般的語氣和表情，這句話不就是在暗示莊德皇后是背後主使嗎？眾妃嬪心裏暗想，皇后跟隨皇上已有一段時間，仍未有身孕，不能排除會因妒忌而犯錯。

皇后和齊嬪皆是在深宮中生活許久的人，怎可能聽不出其弦外之音。

「本宮有甚麼理由要把嘉麗夫人的胎落掉？」皇后不慌不忙，氣定神閒地道。

其他人想想，也是言之有理的。莊德皇后當初就掌協理六宮之權，何必為了爭寵冒上風險，令嘉麗夫人流產？

也就是說，最大的嫌疑，便是況晴。

況晴自進宮，由昭儀被晉升至妃位，自然會野心勃勃，想得到更多。而且她和嘉麗夫人多次有衝撞，想令她失寵也不是出奇的事。

另一邊，況晴和夏宇在靜靜地觀賞梅花，只是耳邊傳來雜亂的談話聲，仔細一聽，才知道是那些妃嬪在討論嘉麗夫人流產的事。夏宇聽罷，眉頭稍稍皺起，目光凜然如冰，暗自思索。況晴聽到其他人在誣陷她，亦是心中忐忑。嘉麗夫人流產的事和她沒有任何關係，偏偏所有人的矛頭都指向她，以惡言相對。可是眾人本就妒忌況晴得寵，於是越加惡意地批評況晴，彷佛用刀在況晴身上故意劃下一條條傷痕，還要往那上面撒鹽。

況晴想衝上前為自己辯解清白，然而人言可畏，憑她一人之力，無疑是以卵擊石，心中的冤枉無處訴說。

此時，夏宇已踱步至韻嬪她們那兒，探身傾聽。「你們在這聊甚麼了？說來給朕聽聽。」

眾人不敢作聲，這平淡而冷漠的聲音，反而令她們更加心虛。

「朕都聽見了。」嚴肅的語氣在冬日的氛圍襯托下，令人如坐針氈。「朕的後宮不允許有人胡亂散播謠言。嘉麗夫人流產的原因，朕自會派人調查。」

話畢，他捉住況晴的手，轉身離去。

「朕知道不是你做的，不需理會他們說的話。」

況晴心中一喜，皇上竟然明白她信任她。況晴側頭注視夏宇，他似乎毫不在意地在凝視遠處的梅花，閃爍的眼眸似是在逃避況晴。況晴不能否認，聽完他的話，確實有一陣暖意流入心坎——然而況晴斜眼望向夏宇，突然想起嘉麗夫人流產那日，他一向冰冷的眼神竟然流露出愧疚、同情、憐惜，但他的目光中卻找不到一絲驚訝。嘉麗夫人流產，是意外還是故意為之？況晴心底滲出微微寒意。

夏宇按捺住心中的愧疚，索性沉默不語，靜靜離去。

原來那日夜半受到皇上的囑託後，張太醫獨自炳燭夜讀，經過深思熟慮後，他在四下無人之際走向藥櫃，昏暗的燭光下摸索著木櫃，從中取出三棱，紅花，歸尾等藥材，每種取一錢，悄無聲息地混進嘉麗夫人的「安胎藥」中。這些藥材都是墮胎的藥材，雖然份量不多，但像嘉麗夫人般每日多次服藥，久而久之便有墮胎之效，每次只有小份量的墮胎藥，教人難以辨出。嘉麗夫人又是不懂醫藥，要嚐出這些藥材簡直難上加難。

幾星期後，顏正輝手下傳來消息指已查明嘉麗夫人流產一事乃張太醫動的手腳。他乃皇上心腹，女兒流產莫不是皇上授意的？顏正輝唇畔漸漸浮起一抹冷冷的笑意。如果君王不仁，便別怪作為臣子的不義了。

第十二章
西子捧心

長樂宮中，歌舞昇平，酒席上觥籌交錯，一片鼓樂齊鳴之景。

「皇上駕到！韻嬪到！」

只見夏宇身穿明黃色龍袍，臉上從容掛著一抹微笑，即使龍袍奪目，也無法掩蓋夏宇的氣宇軒昂，反而把他的眉眼襯托得氣勢不凡。他帶著韻嬪慕若華緩步走向皇座，把韻嬪安排坐在了他的旁邊，此舉動讓眾妃心下惴惴不安。

「眾愛卿不必多禮。」夏宇舉起酒杯，笑著免了眾人行禮。舞女歌女們從殿外魚貫而入，數百人在大殿裏載歌載舞。

夏宇坐在龍椅上拿著酒杯，側目望向韻嬪，眼底似有溫情蕩漾。沉晴見狀不由心裏酸楚。是的，他是天子，本不屬於任何一個女人。他可以留自己片刻的溫存，又何嘗不會以同樣的柔情對待他人？

夏宇突然牽著韻嬪起身，朗聲道：「今韻嬪有孕在身，乃我玥國祥瑞之兆！朕宣佈冊封韻嬪為韻妃，賞賜綾羅綢緞二十匹，黃金二十兩。」

各人看著韻妃，心底有了不同的打算。尤其是剛經歷喪子之痛的嘉麗夫人，更是惡毒地看向韻妃，目光之強烈就連坐在一旁的沉晴也不由得扭頭看向顏氏。

看著神情猙獰的嘉麗夫人，沉晴思緒有點恍惚。她想起了嘉麗流產之時，夏宇冷漠的神情。心中竟有些同情起處處給她使絆子的顏氏。只是可恨之人必有可憐之處，無論是她，還是自己，或是這宮裏的所有人，都只是被困在深宮之中的倦鳥罷了。這樊籠一般的皇宮，不知蹉跎了多少花季少女的青春歲月。也許，被困久了，自己最後也只會與她們無異，沉迷於權勢之間。沉晴自嘲地勾起了嘴角。

也許待自己人老花黃之時，或是失去利用價值之時，自己也會被夏宇那樣地逐漸冷淡吧。自己不過一個異國女子，最後又能落得怎樣的下場呢？他若連親生兒女都能下手，更別提自己一個異國之人了。她手一顫，杯中的酒也灑出了些許。

或許，帝王之情不是我該奢望的。他今天能寵你入骨，明天又會對其他妃子說出同樣的話。沉晴在心中暗想，可是一憶起兩人的山盟海誓，沉晴的心就像是被揪著了一樣，隱隱約約的痛讓她無法安然地坐著。沉晴望向這喧鬧的宴會和皇座上那一雙璧人，心中更是煩躁不已。酒入愁腸愁更愁，沉晴一杯接一杯放肆地喝著。美酒入喉，也無減她的焦躁不安。

宴會依舊繼續，一個又一個的大臣命人帶來精彩絕倫的表演，企圖以此獲得皇上的歡心，換取功名利祿。

「好！好！」語畢，夏宇緩緩走下皇座，走向領舞的女子。「這舞女倒是有幾分姿色，深得朕心，封個美人如何？」夏宇向沉晴問道。

沉晴蹙了蹙眉，看向那舞女，卻發現她臂上刻著一個熟悉的刺青。她神色大變，急聲道：

「皇上小心！」

不知何時，舞女舉起匕首的手竟已到了夏宇背後。電光火石間，一抹身影衝了出來，擋在了那個明黃色的身影前，為他擋了一刀。

第十三章
邊雨驟晴

身體的本能比思想更快的作出了反應。在擋刀的前一瞬，況晴腦海裏閃過了許多零星片段，首先的是夏宇的身影，然後才是父親和妹妹。況晴自嘲一笑，何時夏宇在她心中的位置已經變得如此舉足輕重了。他值得自己這樣對他嗎？值得不值得，況晴心中已有答案。但況晴還是如一支離弦的箭般，毫不猶豫地衝了出去。

「這一刀就當是還了你的情份。夏宇，此後我不再虧欠你半分。」況晴在心中默默的做了決定。

須臾間，一朵血色之花在那人的身前綻放，舞女的匕首深深地刺入了她的身軀裏。鮮血蔓散在半空，一聲因疼痛而發出的長吟劃破半空。劇痛讓況晴剎那間就昏了過去。失去意識的前一刻，她看見他安然無恙的身影，沉晴揚了揚嘴角安心地閉上了眼。

誰也沒想到，一次好好的壽宴會突生變故，那名舞女的衣袖中竟藏著一把匕首，猛地刺向毫無防備的夏宇。幸好沉晴為夏宇擋了一刀，他才得以安然無恙。

那舞女很快就被趕來支援的御林軍所制服，她看著那個被帝王抱在懷裏的女子，眸中似有一種讓人看不穿的深意。「好一個宸妃，果然忘恩負義！」話畢她合上眼，咬緊牙關，血從她的嘴邊溢出，片刻就沒了生息。

「來人啊！傳太醫！」夏宇看著懷中的沉晴，眼中的沉穩早已被擔心、震驚所取代。他抱著沉晴向未央宮奔去。眾人神色惶恐地站在一旁，生怕皇上的怒氣波及自己。

太醫們匆匆趕來，幾個人小心翼翼地取出一大堆草藥，讓沉晴服下。沉晴的臉色卻沒有絲毫的好轉，依舊蒼白憔悴，嘴唇更是染上了青色。太醫們忙碌著的時候，夏宇的心中七上八下，不知何時起他的心緒早已被沉晴牽動著，義無反顧地愛上了她。她的一顰一笑都牽動著他的心。

如今她身受重傷，夏宇的心像那暴風雨中的小舟一樣起伏不定。

「稟皇上，在刺客的臂上發現了昇國獨有的紋身。」御林軍統領低聲道。

夏宇臉上不動聲色，心中早已掀起軒然大波，昇國終於要與玥國翻臉了？夏宇嘲諷地勾起了嘴角，拂袖離去，只有緊握的拳頭證明了他動盪的內心。

夜深，夏宇徘徊於未央宮中。況晴仍陷入昏迷之中，雙目緊閉，安詳地躺在床上。捲長的睫毛微微搧動，即使況晴雙唇蒼白，面容憔悴，身受重傷，依然動人如故。

夏宇瞧見況晴右腰側的傷口，已被白布包紮好，白布上斑斑鮮血滲出——誰能想到眼前的女子會在自己遇難時挺身而出，不惜犧牲自己？那鮮血淋漓的傷口，提醒著夏宇此女子願意為他付出生命。

夏宇是多麼希望況晴是因愛他而擋下這一刀，不是為了得到更高的位分，不是為了博取他的信任，而是真心實意、不加思索地為了救他。可是，即使況晴真的對他動情，又能如何？這顆真心，他該如何回應，方能不負她的情意？

他凝望況晴良久，才願轉身離去。

這一夜，風輕輕吹過況晴宮外的柳樹，幾枝柳枝被微風吹起，纏繞在一起。但亂的又何止是柳枝呢？

第十四章
雨暘時若

翌日清晨，沉晴睜開眼睛，映入眼簾的先是熟悉的帳幕。她剛想倚著床邊直起身子，但右腰側傷口撕裂般的痛苦卻讓她不由得跌坐在床上。

「娘娘!你醒了!」巧倩手忙腳亂地扶起沉晴，又把一旁的藥碗拿起，一口一口地餵沉晴喝下。

「我暈過去之後發生了甚麼?」沉晴強忍著那撕心裂肺的痛，向巧倩問道。

「回娘娘，皇上因娘娘護駕有功，冊封娘娘為從一品貴妃。」

「皇上駕到！」太監的呼聲打斷了沉晴的思緒，巧倩美盼連忙扶住沉晴，她緩緩走下床向夏宇行禮。

「臣妾見過皇上。」

夏宇扶起沉晴：「愛妃莫要多禮。」看著低眉順眼的沉晴，他又問道：「妳的身子可好些了？」

「已無大礙。」

夏宇話鋒一轉，沉下聲道：「你可知昨日的刺客是何人所為？」

沉晴心中大驚，雖臉上不動聲色，手心卻早已滲出了汗，卻只道：「不知。」

「你可知欺君乃是大罪？」

「臣妾不敢欺瞞皇上。」

夏宇垂眉，看著臉色蒼白的況晴，心中一陣憐惜。他沉思片刻，道：「你傷勢未好，近日就不要離開未央宮了。朕還有政務要處理，你好好休息。」

快走出宮殿時，夏宇忽地停下步伐，輕聲說：「希望你不要讓朕失望。」

夏宇走後，況晴小心翼翼地從身旁的箱中取出一封稍皺的信。信是她昨天收到的，可她一直不敢拆開閱讀。她一直躊躇著，把信在手中反覆拈弄，連手中的信紙變得皺巴巴的也不知。

此刻，況晴定了定心神，緩緩拆開這封信。

「晴兒，為父知道之前拜託你的事一定令你很為難，你莫要擔心，只管按自己的心意去做。別擔心為父，爹自會解決。」

短短幾句話語，沉晴卻反覆細讀了好幾遍。

緣盡、緣散、緣無期；傷心、痛心、永無息；思念、成疾、永分離；睜眼、閉眼、淚已稀。

眼淚如斷了的弦，順著臉的弧線滴落，輕輕在泛黃的紙張上暈開。

沉晴輕輕闔上眼眸，腦海裏泛現的是那些年在昇國的無憂歲月。

沉晴——

我想，人生的意義是甚麼呢？緣聚緣散，花開花落。人誕生在這世上，匆匆過完幾十年的人生，然後走的時候不帶走一絲雲彩。我不信佛，但人死如燈滅，倒是不無道理。

一個人死了，誰會記得，誰會掛念。而我，本來就不值存在在這世上。

也許你不是我，你不會明白。自懂事以來，我就是以乞討為生，卑賤得一條狗也不如，那些人眼中的不屑、厭惡，一輩子刻在我的腦海。也對，我本來就是身微命賤。沒有尊嚴，不被尊重，為了活下去，我選擇苟延殘喘。但是，我的感受，有誰會在乎；我的所想，有誰會理解？

如果像你們一樣總有人讚美，或許圍繞著我的卑微就能消退了……

可是，有誰會留意到我這個卑微到塵土裏的女孩呢？路過的，看我卑躬屈膝的樣子，心裏痛快，便丟給我一個用剩的銅板，冷哼一聲。這在他們眼中並不算甚麼。就連對我說一句話，都是施捨。

我想，像我這樣的人，哪怕是死了，也沒有人想起，沒有人在意吧？

這是我閉上眼睛前最後的想法。

然而，他們出現了，出現在我的生命裏。因為他們，我才活得像個人。

我一夜之間，由萬人唾棄的小乞丐，變成人人羨慕的宰相千金。

父親給了我一個家，一個真真正正的家。噓寒問暖，寸草春暉，無微不至……在我委屈時容許我在他懷中大哭一場，生病時為我焦急憂心，失意時做我堅硬的後盾，視我如珠如寶。甚至……待我好到，我快要忘記，我，不是他的親生女兒。

而況昕，那個真正的宰相千金，那個救我脫離黑暗深淵的女孩，這個世界上唯一了解我、明白我、熟悉我的女孩，是我這一生中唯一的朋友。她理解我，甚至很多時候，她比我更了解自己，更明白我內心的疼。雖然她有時耍耍小姐脾氣，有時候裝傻充愣，有時候吵吵鬧。可是，她待我，始終如一地好。

找一個人就算再好，但不願陪你走下去，那他就是過客。

一個人就算有再多缺點，可能真心真意愛你，陪你到最後，那就是終點。

甚至此刻，他們仍是愛我的，這幾句話，當中所蘊含的愛和保護，我又怎會不懂呢？我沒有親生父母，沒人愛沒人疼，可是我有義父，我有況昕，我有一個家。

他們給我的，已經太多了。滴水之恩，湧泉相報。我這一生，或許只為能保護他們一世平安，以生命，守護生命。

我想，像我這樣的人，也許，不該擁有刻骨銘心的愛情。

所以，夏宇，你的情，我唯有來生再報。

——睜眸。

第十五章
道不相謀

自此，況晴與夏宇表面甜蜜，實則暗藏隔閡。況晴的間諜身份使她芒刺在背，內心的掙扎使她坐立不安。夏宇對她極好，幾乎可說是百般恩寵，但這樣的寵幸卻使況晴愈對夏宇心存歉意。

朝堂上群臣的針鋒相對，使局勢愈漸緊張。夜晚時風疏雨驟，況晴卻品起了那日況彼送來的汾酒，小酌一番。

夏宇出乎意料地來了。

「我還以為陛下近日需要多理朝政，最近朝中事務頗多吧？」況晴行了個禮。

「愛妃不也如此？明知最近局勢緊張，還能如此休閒地品酒。」

「朝堂之事，與臣妾何干？」汎晴說罷，給夏宇斟了一杯酒，自己也啖了口酒。

「不愧是朕的貴妃。」

汎晴笑而不語。

「那麼，朕的貴妃，是打算出賣朕，出賣玥國嗎？」

汎晴不禁一驚，急忙匐伏在地上。

「皇上似乎對臣妾有所誤會。臣妾自嫁入玥國以來便是玥國的人，誓無二心！」

「昇國丞相況彼權傾朝野，據說連皇帝都要敬他三分，而你，朕的貴妃，正是況彼的女兒況晴，不是嗎？」

況晴心如明鏡，又豈會不知夏宇所言箇中的弦外之音呢？他們倆都並非閒等之輩，說話自然就不必拐彎抹角了。

夏宇直直地回望況晴，四目相對。

他眼中有著信任與探究，還有一絲不易察覺的期盼，況晴被他盯得心底發虛，彷彿心中的掙扎都要被他看穿，連忙故作鎮定地移開視線，默不作聲。

「你若堅持忠於昇國，朕不為難你，但亦斷斷不可留你在宮中，必會送你歸國。」

「你若肯跟隨朕，就得對玥國有絕對的忠心，朕不許你再有半分遲疑！」

「這是朕對你的信任。不要讓朕失望，況晴。」皇帝閉上了眼，似是疲倦至極，然而臉上竟有了懇切之意。

這是何其的決絕與霸道，要麼離去，要麼忠於玥國，不容含糊。

但其實她早已下了決定，以間諜的身分還報義父養育之恩。

「臣妾願意留在玥國，絕無二心！」

次日。

「稟皇上，北方邊境八百里加急傳來情報，指昇國百萬大軍已集結在邊境一帶等候命令，不日將攻打我國。」

眾臣大驚失色，無不亂了陣腳，昇國此舉顯然是想要殺他們一個措手不及。一時間朝堂上竊竊私語，議論聲不斷。

「微臣請求皇上派兵加強邊防，保衛我國安全。」

坐在龍座上的夏宇不發一言，臉色陰沉得可怕。他緊握雙拳，太陽穴上青筋突起。眾臣見此，思及年少帝王想必是盛怒了，連忙閉嘴，正襟等待皇上意旨。空氣似乎在一瞬間凝固了，鴉雀無聲，這種靜寂甚為詭異，大家屏住呼吸，更無一絲氣息。

半晌，正當眾臣以為自己快要窒息而死時，忽聽見年少君主的一聲輕笑，臉上神色卻沒有緩和幾分。所說的怒極反笑，便是如此。

夏宇啟唇，聲音低沉中帶有威嚴，道：「既然昇國有意與我國打一場硬仗，我國秣馬厲兵，自當奉陪，打他們一個落花流水。」

「皇上，戰爭迫在眉睫，一觸即發。微臣願意親自出征抵禦玥國軍隊，殺敵報國。」顏正輝拱了拱手，踏前一步，眼中卻有道說不清的意味。

夏宇沉吟不語。

北方邊境五十萬兵力盡數掌握在顏正輝手中，即使他心知讓顏正輝出征是兵行險著，也別無他法。

夏宇沉思片刻，思前想後，道：「顏愛卿，此戰事關乎玥國生死，請你立即準備，不日迎戰昇國。事關重大，還請務必謹慎。戰勝歸國，必定重重有賞。」

顏正輝惶恐道：「臣定必竭盡所能，鞠躬盡瘁，即使以身報國，也在所不惜。」

顏正輝臉上一副貞忠就義，心中卻開始醞釀出一些主意。

顏正輝回到顏府後不發一言，躲進書房，一待便是一整天。顏府上下心感奇怪，可是卻沒有人有膽量去一探究竟，只當顏大人是因為快將征戰沙場，與昇國百萬大軍對壘而擔慮害怕。殊不知此時書房內的顏正輝臉上非但沒有一絲擔憂的神色，只是坐在案前，陷入沉思。

顏正輝縱橫官場數十年，雖然如今他位高權重，在朝堂上隻手遮天，頗有幾分自傲，卻一直未曾有一絲異心。

只是……

每當想起女兒得知有孕時殷切期盼，最後卻因皇帝陷害而流產，受了這麼多苦，他便心如刀割。他永遠都不會忘記女兒虛弱地躺在床上瑟瑟發抖，面容蒼白沒有一絲血色，在見到他的那一瞬間，如驚弓之鳥般撲進他懷裏，撕心裂肺地大哭，哭得他心都碎了。那是他的掌上明珠啊，她到底是做錯了甚麼，才得遭受這般的罪？

半生的付出，換來的卻是因被忌憚而招來的無妄之災。

那麼尊貴的君王啊，你休怪微臣不忠不義，為女兒和未曾見面的外孫子報仇雪恨了。

未幾，顏正輝抬手舉筆，寫下密函，並喚來追隨多年的心腹下人，命他從西面繞道而行，暗中把信送到昪國宰相況彼手中，並告誡他切忌要小心行事，一旦稍有不慎，便可招來殺身之禍。

第十六章
是非人我

另一邊廂，沉晴得知昇國此舉亦無措起來。她沒有想過義父行動竟會如此迅速，連一點部署的時間都沒有。眼看戰爭如箭在弦，夏宇對她亦已心生芥蒂，要想辦法助昇國獲得絕對的勝利，想必是難上加難。

沉晴思前想後，要助義父取勝，從夏宇這邊下手，想必是不可能的了，深宮之中守衛森嚴，哪怕是偷雞摸狗的小事，也難以瞞天過海，更何況要助昇國取勝，偷兵陣圖、武器圖這些只怕是異想天開了。在反覆沉思後，沉晴忽然想起將為玥國出征的顏正輝大將軍，想了一想，這位老將也許逸豫已久，疏於防範，從他那裏入手，也未嘗不可。

沉晴雖心中有計，但要實行，卻又是另一回事了。顏大將軍在官場浮沉多年，久經風浪，也並非浪得虛名。多年來樹敵之多，使顏府守衛格外嚴格，若要在顏府鬧事，也不見得容易。

況晴心裏清楚，就憑她這麼一個弱質女子，要進顏府行動，無疑是以卵擊石。況晴咬牙，把心一橫，決心要與顏正輝死魚拼破魚網，就算一死，也要取他性命。

只要顏正輝一死，朝堂定必大亂，人心惶惶。而大戰在即，玥軍眾將士群龍無首，就算另有將軍臨危受命，也定必大失分寸，軍心散渙，士氣大減。若然此時突襲玥國，定能一擊即中。

只是……怎樣才能潛入顏府呢？況晴不懂武功，要打破重重防衛，似乎是不切實際。

況晴翻來覆去，一籌莫展。

話說嘉麗夫人顏欣妍流產以後已有數月，雖在太醫的悉心調理下身體逐漸康復，可精神卻愈加萎靡不振。雙目空洞，面黃肌瘦，身子單薄得如一張紙片，看起來更弱不禁風。終日神思恍惚、魂不守舍，喪魂落魄的模樣看得連偶爾前來探望的夏宇也不由得眉頭一緊，生出一絲愧疚。

太醫指此乃心病，無計可治，無藥可醫。顏欣妍面上再也找不著昔日的意氣風發、光彩照人，一張蒼白面容訴說著這年輕女子即將成為人母，卻在一夜之間痛失愛子，失去一切期盼，那種錐心的喪子之痛。

夏宇每見顏欣妍，心中悔疚便更甚，他這才發現自己也非鐵石心腸，對顏氏母子，確有虧欠。

於是夏宇下令，以嘉麗夫人經歷喪子之痛，需靜養心病為由，送其回顏府暫住休養，並令顏正輝好生照顧，供其一切所需。

可惜夏宇一片好心，別人看來卻是莫大羞辱。夏宇此令一出，朝廷中一片譁然。堂堂正二品嘉麗夫人竟被送回娘家，皇上此舉真是毫不顧全顏將軍的顏面啊！這莫非昭示著顏大將軍將要失勢？眾臣心中雖覺不妥，卻無人多言，生怕陡然被掛上一個結黨營私的罪名。

顏正輝恨意油然而生，對無情君王的痛恨在心中長成參天大樹，想到女兒對其一往深情，掏心掏肺，卻被無辜地趕出深宮，顏面盡掃，想必她難以接受，於是叛國念頭更為決絕。

不過轉念一想，欣妍回到顏府也未嘗不是一件好事，只有女兒回到自己的羽翼下，自己才能護她周全，使她不再受傷，不用再經受那些刻骨之痛。再者，既然已決心叛國，女兒回到自己庇護下，也使他再無後顧之憂。

顏欣妍果然無法接受，想到如此屈辱及胎死腹中的愛子，心中鬱結難以排解，愁腸百結，終日神鬱氣悴。不消三日，便傳出嘉麗夫人病臥在床，一病不振的消息。眾人無不唏噓，只是短暫的惋惜過後，此事便被時日沖淡，再也無人記起可憐的嘉麗夫人顏欣妍。

況晴趁空躲進了書房，隨手拿起一本《鏡花緣》，津津有味地讀了起來，不消片刻，便進入了書中世界，不能自拔。

況晴就是這麼一個女子，唯書本與舞蹈為其所愛。她愛書，是因為她能從書中讀懂豁達善良，自然心寬；讀懂奮鬥堅持，自然輝煌燦爛；讀懂聚散離合，自然隨遇而安。

正當況晴熟讀沉思，十行俱下，忽然身旁的美盼「咦？」了一聲。

巧倩瞪了她一眼：「你這丫頭，不見娘娘正在閱讀嗎？也不知道安靜一會……整天吵吵鬧鬧的。」

況晴雙目含笑地看著這兩個活寶，縱容她倆鬥鬥嘴。卻忽聽美盼說：「奴婢是聽說了嘉麗夫人被聖上送回了顏府的事，正要告訴娘娘呢！要不娘娘幫忙勸一勸皇上？」

「你是傻嗎？這麼大的事，震撼了整個後宮，你真以為娘娘會收不到消息嗎？」

況晴搖搖頭，對，她是知道嘉麗夫人的處境，可是她又能怎樣呢？難不成要她開口向皇上求情嗎？且不說顏欣妍曾處處刁難，二人之間勢成水火，而君無戲言，倘若她為嘉麗夫人求情，要皇上收回成命，豈不是故意去碰皇上的逆鱗？

美盼見沉晴但笑不語，明瞭這其中或有不少顧慮，思慮再三，仍是忍不住多口說了句：「聽說嘉麗夫人住進顏府後受不住打擊，已病倒在床數日不醒。要不……娘娘探望一下她吧？」

沉晴苦笑著搖頭，如果她此時前往探望，顏欣妍恐怕只會覺得自己在嘲諷她吧。

靜夜。

沉晴在錦床上翻來覆去，輾轉反側。到底……怎樣潛入顏府呢？如果不用飛檐走壁，那要用甚麼樣的藉口才能光明正大地到訪顏府呢？

在輾轉間，沉晴忽然靈光一閃，想起了今天巧倩美盼的對話。仔細一想，探望嘉麗夫人不就是一個很好的藉口嗎？不僅名正言順，更不會容易惹人懷疑。

沅晴心裏暗暗下定決心，既然已經決定了要行動，就應該要拿出應有的勇氣，不應再猶豫，不應給自己後退的機會，事已至此，也再無後路。

沅晴之所以如此決絕，是因為此戰昇國只許成功不許失敗，關乎的是一國的興亡，萬一稍有不測……沅家上下千餘人都會被株連。

奇怪的是，沅晴心知明天迎接她的將是更兇險的道路，卻似放下心頭大石，漸漸陷入了沉睡。

一夜無夢。

第十七章 無事生風

要離宮探望當然是要得到聖上批准，在沉晴的軟磨硬泡下，夏宇是答應了。這當然有部分的原因是來自夏宇的內疚感。麗妃病臥，有人去探望一下還是應該的，畢竟她也是個可憐人……

得到夏宇的允許，沉晴潛入顏府一事總算是勢在必行了。

女子坐在琉璃鏡前，側身而坐，淡淡碧綠的衣衫顯出一種絕塵脫俗之感，特別是那一頭長及腳踝的墨髮，如瀑布般蜿蜒流淌而下，美得觸目驚心。

巧倩美盼靜靜站在沉晴身後，侍候著她穿衣梳妝，為探訪顏府作好準備。

脫去寬大舒適的外袍，換上雍容華貴的朝服，再挽了一個流雲髻，插上璀璨奪目的華勝步搖，平常那個從容不迫，氣勢淡然的宸貴妃便出現在眾人眼前。

沉晴含笑使走了巧倩美盼，微微彎下腰來，把一把匕首偷偷藏進了褻褲褲筒內，仔細地檢查了一趟，確保不會出甚麼差錯。

宮門前，沉晴懸著的心卻一直沒有放下。她挺起胸膛，深深的吸了一口氣，邁步走出了這個深宮，踏上了這條不歸路。

顏府裏，顏欣妍披散著頭髮，臉色蒼白的坐在梳妝台前一動不動。忽然，她揮手狠狠掃落台前的妝奩鏡匣，一陣乒呤乓啷的巨響駭得她身邊的婢女猛然一抖。

沉晴走到她睡房門前，如此巨響，也嚇得她心猛地一跳。神定，沉晴徐徐步入。顏欣妍見沉晴，連忙轉過身去，不想被沉晴看到她此刻的狼狽相。

況晴說道：「本宮聽說嘉麗夫人病臥在床數天，如今看來，今天狀態倒是不錯呢！」風水輪流轉，況晴如今已貴為從一品皇貴妃，凌駕於顏欣妍之上。

顏欣妍低下頭，用手捂住臉，不知是在哭泣還是在沉思。許久以後，她放下手，露出微紅的眼眶，對況晴淒聲問道：「看到我現在這模樣，你痛快得很吧？」

況晴淡然答曰：「我本對你無敵意，如今亦是無恨。你曾處處刁難，但我清楚，可恨之人必有可憐之處。」

半晌，顏欣妍頹敗地說道：「你走吧！」

況晴示意巧倩放下帶來的糕點，嘴角含笑，眼底卻無一絲一毫波瀾，道：「自然該走，只是本宮受聖上所託，希望與顏將軍一會。」

顏欣妍雙目空洞，再也不作回應，瘦骨伶仃的手指往書房一指。

況晴會意，深深看了她一眼後，便無聲無息地離去。巧倩美盼卻忽覺肚子裏翻江倒海，一股劇烈的疼痛油然而升。況晴見她倆雙手摀著肚子，滿頭大汗臉色蒼白，故作疑惑不解地問：「怎麼了？」

美盼忍著劇痛回答：「娘娘，我……們……肚子痛……」

況晴一擺手：「你們先去解決一下吧！」

況晴目送巧倩美盼漸行漸遠，心裏暗暗嘆息，不知此次一別，會否能再相見。

下一瞬間，況晴斂起神色，小心翼翼地從褻褲掏出那把匕首，緊緊地握在手中。雙腿像灌了鉛似的一步一挪地往前走，寬大的袖子堪堪遮掩著不斷顫抖的雙手，心跳不停的加快，手足無措，腦裏一片渾沌，不知道自己在幹甚麼，將要幹甚麼，只有一個念頭——只要殺了顏正輝，就能增加義父取勝的機會。

沉晴悄無聲息地來到書房門前，門半掩著，沉晴正好探頭窺視，只見一位身軀凜凜，相貌堂堂的中年男子坐在書案前一雙眼光射寒星，兩彎眉渾如刷漆。胸脯橫闊，竟有萬夫難敵之威風。莫非這就是顏正輝？

沉晴躡手躡腳地推開半掩的房門，悄無聲息的走到男人的身後，眼中閃爍著同歸於盡的決心，額上全是因過度緊張而冒出的冷汗，兩鬢青絲被汗水沾得濕透。她深吸了一口氣，暗暗對自己說了聲「別怕」，故意忽視自己那急速狂飆的心跳，顫抖地抬手露出手中一直緊握的匕首，霎時，匕首在陽光下泛著森寒的煞氣，夾著戾氣對顏正輝橫掃而去。

豈料顏正輝早已察覺，閃身躲過這一擊，並一招打向沉晴的左手。她手一鬆，「噹！」的一聲，匕首應聲掉在地上。

沉晴拔出腰間軟劍，無所畏懼的對著顏正輝的長劍迎了上去。顏正輝手中長劍如一條長龍，兇猛，凜厲。劍勢變化極快，如劍凝海波氣象萬千，星光宇宙窮極無端。沉晴又豈是顏正輝的對手呢？她不過是抱著必死的決心，憑著一股蠻勁，拼命插向顏正輝，不斷插不停插，似是發了瘋似的，竟連武功高強、殺敵無數的顏正輝都也只能堪堪躲過她的亂劍。

顏正輝也不禁訝然，心裏暗怪自己何時與貴妃結下如此深仇大恨呢？她竟然如此堅決，要與他同歸於盡？

正當顏正輝晃神的瞬間，在沉晴的亂打亂撞下，竟在顏正輝手臂上插上了一刀。雖然顏正輝側身躲過，但刀鋒在他臂上仍劃下了一道血痕。顏正輝心中警鈴大作，自己縱橫沙場，竟會被如此一個弱質女子所傷？他惱羞成怒，正色應敵。

顏正輝認真起來，沉晴又怎會能繼續放肆呢？不消三兩下，沉晴已被他一招飛腳，一個反手，制服在地。沉晴單腿屈膝跪在地上，雖知自己已敗，可她卻一臉鎮定眉梢冷峻含煞，眼波流轉含戾，絲毫沒有事敗的慌張。壓在她身後的顏正輝見貴妃如此模樣，不禁對她頗為欣賞。然而他實在不解自己何時與她結下樑子，於是沉聲問：「貴妃娘娘大駕光臨，本將惶恐，不知娘娘此舉為何。若說是與本將切磋武技，恐怕更似是要取本將性命。」

「顏將軍，有話快說，本宮就是來殺你的，要打要殺，悉隨尊便。」泂晴語氣不耐，快語說道。

顏正輝見泂晴果有置生死度外之勢，也不拐彎抹角，單刀直入：「貴妃娘娘果然爽快！只是本將不知曾得罪娘娘，竟令娘娘不顧生死，決要殺我？」

泂晴知自己將要一死，也不打算隱瞞，放聲大笑：「呵……顏將軍啊顏將軍，你我無仇無怨，只怪你是我義父戰場上的敵人，國家之仇，不共戴天。」

顏正輝聽此緣由，不禁訝異。頃刻，才反應過來，啞然失笑。「貴妃啊！你這次可真糊塗了！」轉身打開一個鎖上的木匣子，取出一封密件。泂晴遲疑片刻，接過了信件，打開竟是從昇國寄來的密函。泂晴怎會不認得義父的字跡，不疑有他，才驚覺顏正輝早已變節，暗怪自己果然太過衝動，竟傷了自己在玥國唯一的盟友，連忙向顏正輝賠罪：「泂晴有眼不識泰山，傷了將軍，任憑將軍處置。」

「無礙，只是希望娘娘切記不可將今天的事告訴其他人。」顏正輝看著況晴，頗有些哭笑不得。

「自然。」況晴見顏正輝無意為難，又自覺理虧，便裝出若無其事的模樣，轉身離去。

夜闌人靜。

宮中一片漆黑，偶爾有侍衛三三兩兩舉著火把巡視。御書房中卻燈火通明，火光閃爍，忽隱忽現。

夏宇放下手中的密報，眉頭深鎖。「兩位從朕幼時就一直陪伴在側，盡心盡力輔助朕，是朕最信任之人。朕亦不妨直說，希望兩位能助我一臂之力，鏟除顏正輝這一大禍患。」

沈魯微蹙，凝重地說道：「顏正輝的勢力已經逐漸在朝中蔓延。朝上眾多大臣都被他拉攏，收入麾下。臣等在朝堂上也越發舉步艱難。」

坐在夏宇兩側的，正是玥國丞相沈魯與大臣覃桂成。

「微臣亦認為顏正輝近日舉動十分可疑。聽說顏正輝近日頻頻待在書房，似乎在密謀些甚麼，微臣恐怕……」覃桂成頓了頓，「懇請皇上加強對他的監視，以防萬一。」

夏宇站起來，踱步至雕花窗前。漆黑的夜空中，他的雙眸顯得格外明亮。

「覃大臣，」夏宇道。

「讓遊戲開始吧。」

夜深，一抹身影從皇宮高聳的圍牆悄無聲息地翻了出去，避開了巡邏的將士，朝著將軍府的方向飛奔而去。

此時的將軍府卻是一片寧靜。

「啪嗒」一聲，一枚黑色的棋子落在棋盤上，打破了此刻的風恬月朗。

顏正輝捋了捋袖子，拿起面前的陶瓷茶壺往對面的茶杯添了點茶。

「將軍果然是好興致。」坐在顏正輝對面的吳廣德，拿起一枚白得通透的棋子，輕輕地放在棋盤上。「將軍這麼晚把老夫叫來莫非只是為了切磋棋藝？」

「太師，下棋可是一門很高深的學問。」顏正輝隨手把一枚黑棋放在棋盤上，漫不經心地說道。

「哈哈哈！將軍您竟然把棋子下在這等危險之地！這盤棋老夫想輸都難啊！承讓了承讓了。」吳廣德大笑，順了順鬍子。顏正輝輕笑，道：「先生有所不知，下棋如打戰，講究的是戰略。」

一顆黑子。「先是誘敵入深。」

又是一顆黑子。「再是趁其不備。」

最後的一顆棋子落在棋盤上，奠定了勝局。「一網打盡。」顏正輝眼中閃爍著異樣的光芒，散發出危險的氣息。

吳廣德見局勢突然反轉，苦笑道：「將軍足智多謀，老夫實在是望塵莫及。」

「其實方才先生本有機會取勝，只是被我的一顆小棋子迷惑了視線，一子錯滿盤皆落索。」顏正輝道。「本將軍倒有個好棋局，希望先生協助我一起把它下完。」

「此話怎講？」

顏正輝向吳廣德招了招手，在他耳邊竊竊私語了一會。

「將軍……這……這……」吳廣德愣了一愣，半天都說不出話來。

顏正輝氣定神閒地拿起了茶杯，道：「事成後必定也不會少了先生的好處。」

吳廣德陷入沉思。叛國是要誅九族的大罪，若是事敗，不只是他，連他的妻兒、雙親、親戚都會受到牽連。可是……

沉默了一會，吳廣德睜開了雙眼。「我要怎麼做？」

顏正輝漸漸露出一抹勝券在握的笑容。

「合作愉快。」

第十八章
晴天霹靂

「收集到可靠的消息了嗎？」黑衣人站在黑暗中，讓人看不清他的面容。

「稟大人，屬下打聽到顏正輝把一封密函交給他的管家，吩咐他秘密送往昇國。不過由哪條路徑送往，屬下實在打聽不到。恕屬下無能！」一名男子伏在地上，戰戰兢兢地道。

黑衣人沉聲道：「繼續盯緊顏正輝，他有任何動作都立即向我匯報！」

「果然不出我所料，顏正輝要開始行動了。」聽完他的話，夏宇笑道。黑衣人急道：「皇上，我們必須拿到那封密函，這樣我們才能掌握顏正輝叛變最有力的證據，名正言順地除掉他。」

「現在我國西面的防守和邊防檢查最為薄弱，顏正輝定會看中這一點，教人把密函經西面送往昇國。」夏宇沉吟道。「你儘快趕往西面的邊關出口，把密函截住！」

顏正輝出征那天，熱鬧非凡。

夏宇舉行了一場簡單卻隆重的餞行宴。

顏正輝笑著與人敬酒，一臉運籌帷幄，絲毫沒有臨打仗前的慌亂。夏宇坐在主席上似笑非笑地看著顏正輝，似乎若有所思。沈魯舉起手中的酒杯，向著顏正輝舉了舉：「顏將軍此行一定要全力以赴，帶著士兵凱旋而歸，效忠國家！」

「丞相放心，本將定會卯足全力，給昇國致命的一擊。」顏正輝舉起酒杯道。

一頓觥籌交錯後，大臣們的興致漸漸缺失，紛紛告辭離席。夏宇走到顏正輝面前，道：「顏愛卿，希望你不會做出讓朕失望的事。」

顏正輝臉上神色如常，心中卻是一凜。難道他知道了我的行動？顏正輝看著夏宇離去的背影，把自己的心腹喚來。

「把太師先生請來，該開始行動了。」

早朝上。

「皇上，微臣已經匯報完所有的事項了。」沈魯微微拱手，道。

「若是無事，那就先退——」

「皇上，微臣還有一事相告。」一把溫潤的聲音打斷了夏宇的話。吳廣德從大殿的一旁徐徐步出，手中拿著一張微微泛黃的信紙。「微臣一直在猶豫，前思後想，最後還是覺得應該讓皇上知曉此事。」他舉起手中的信紙。「微臣近日尋到這張信紙，上面有著沈丞相收取數名官員賄賂的詳細記錄。」殿中的大臣頓時像炸開了鍋一樣，議論紛紛。沈魯強忍著怒氣，藏在官袍的雙手緊握成拳頭。「微臣懇求皇上明察此事，嚴懲犯事之人，給眾臣們一個交代。」吳廣德一臉誠懇，言語中盡是痛心疾首之意。

「太師先生，我希望你能拿出更確鑿，更有說服力的證據。」沈魯怒目橫眉。「請你不要血口噴人——」

夏宇抬手阻止了沈魯繼續說下去。「賄賂一事朕自然是不能容忍，朕自會派人調查。」

吳廣德心裏不服：「難道皇上要縱容賄賂之臣？」

夏宇神色凝重，帶著不容置疑的威嚴。「太師、丞相、各位愛卿，朕必會在調查後給你們一個交代。若是沒事，各位就先退下吧。」

待所有人散去，夏宇臉上的凝重之色逐漸退去，嘴角的譏笑逐漸顯露：「顏正輝，你這樣的小伎倆也想要糊弄朕一番？」

一個身影喘著粗氣，在樹林中跌跌撞撞地奔跑著。他驚慌失色地撥開周圍叢生的雜草，時不時望向身後，生怕身後之人追趕上他。

「你想去哪裏？」宛如幽靈的聲音在他耳邊響起。他腳步一滯，緩緩把頭轉向前面。只見幾步開外，一名一身鵲黑的黑衣人半倚在樹幹上，似笑非笑地看著他。

「你……你們……想怎樣！」

「密函交出來，還可以放你一命。」黑衣人站起來，徐徐步向他。

「你們妄想！我死也不會……」突然他瞳孔一縮，後腦傳來陣陣劇痛。在黑衣人面前，他緩緩倒下。顏大人……我無能，沒有將密函送到沉丞相手中……他閉上眼睛。

黑衣人蹲下身子，從男子身上搜出一封封了口的書信，看來是密函沒錯了。黑衣人把信收進口袋，便立刻轉身回去覆命，留下男子倒在地上，不省人事。

第十九章
卻行求前

顏正輝坐在軍帳內，聽著將士們的匯報。

「將軍，我國將士已經扎營駐守，養足精神，可以隨時準備開戰了。」副將軍低頭稟報，雖不見神色，可語氣中的焦急仍是顯而易見的。

顏正輝未有回應，自顧自低頭思索。此時他的心腹部下步入帳內，行禮的同時悄悄向顏正輝使了個眼色，他面上不動聲色，沉聲吩咐副將先行退下。待帳內只剩兩人，部下才恭敬地呈上藏在懷中的信件，稟道：「將軍，此乃沉宰相的密函。」

顏正輝接過，瞄了一下上面的兩行字句——「我軍不日將到岳山東邊，照計劃行事。」隨手把手伸向桌上油燈，讓手中紙條被火點燃，不消片刻，化為灰燼。

「傳令下去，我軍將士分作兩批，二十萬兵隨副將帶領，迎戰北面敵軍，其餘三十萬人，隨本將到岳山東邊。所有將士務必三天之內抵達目的地。」

此令傳下去後不久，副將便匆匆忙忙求見顏正輝。未及顏正輝開口，他便焦急地說：「屬下懇請將軍收回成命！我軍若把兵力分散，恐怕不能打敗敵軍啊！」

「副將屆時不可真的動軍對付昇國，不要多言，聽本將吩咐，我自有打算。」顏正輝聽言面露不悅，語氣不耐。

「這……」這不是送死嗎？

「不要問只要做，小心頸上頭顱！」顏正輝話中帶有脅迫，副將聞言，嚇得立即閉嘴，慌張走出軍帳。

玥國將士隨即收拾行裝，各人不敢造次，鋪鋪張張，不消一個時辰，便整裝待發，只待一聲令下，便可啟程。於是萬事俱備，良辰一到，五十萬大軍一分為二，浩浩蕩蕩朝東北兩面進發。

北面路途雖短，但需翻山越嶺；東面路徑雖坦，卻相距百里。出發後不過一天而已，東、北兩路的玥國將士卻已疲備不堪，可惜軍令如山，大家腳下步伐匆忙，誰也不敢怠慢，生怕一旦落後，便需受罰。於是連昏達曙，通宵徹晝，連夜趕路，經歷了三天的折磨，終於由北路二十萬軍士率先抵達。當眾士屏息以待時，卻見遠方密密麻麻的人影迎面而來，數目之多，目測足有百萬昇國將士，氣勢如虹。雙方兵力的明顯差距，使各人生出望風而遁的想法，奈何只能硬著頭皮準備應戰。只見百萬大軍漸漸逼近，卻突然在距離數十米之處停下。大家一頭霧水，不知所措……

與此同時，顏正輝的三十萬軍士亦歷盡奔波勞累抵達岳山東面，臨近之際，卻聽見擂鼓吶喊，一片拍掌歡呼聲。眾士不知所然，人心惶惶，卻見顏大將軍滿面笑容，竟與敵方為首之人互相鞠躬作揖。

「況先生，幸會幸會，顏某久仰大名。」顏正輝笑容可掬，說著客套之話。

「顏將軍言重，此次幸得將軍所助，定必馬到功成！將軍果然可靠，如約在三天之內會合。」況彼再作一揖，以表謝意。

正當二人寒暄之際，身後玥軍士兵瞠目結舌，傻了眼。甚麼……甚麼情況？我們不是來攻打昇國嗎？這是甚麼回事？

難道……是要叛國嗎？意識到這個事實，眾人譁然起哄，議論紛紜。眾人你眼看我眼，大家都顯得猶豫不決。只聽一人忽然喊道：「我們既為將軍麾下，定必與將軍共同進退，出生入死。既然將軍主意已決，我們只好順從命令。」各人聽言，上下一心，掉頭攻向玥國。

北邊副將接到命令，雖感無奈，但也別無他法，唯有不理人言嘖嘖，吩咐各人跟在昇軍後面沿路返回。

夏宇坐在書案前摸著下巴，細細地閱讀著由黑衣人送來的那封密函。況晴在他身旁為他沏茶。紅木製成的木勺舀上茶葉放進蓋碗，用旁邊壺中燒開的水淋過，蒸汽攜帶茶香裊裊上升。

夏宇的嘴角揚起了一抹冷笑。

顏正輝以為自己計劃天衣無縫，神不知鬼不覺，卻不知朕對他這看似完美的計劃瞭如指掌，盡在掌握中。顏正輝，這一戰，註定最終將會是你一敗塗地。

夏宇沉吟了一陣子，對況晴道：「你先出去吧。」況晴應聲而起，推開門出去。

他攤開地圖，吩咐心腹在主城外五十里設下埋伏，務求將顏正輝等人一網打盡。

況晴輕輕倚在木門上，全神貫注地聆聽著裏面的對話。夏宇與心腹的對話被她聽得一清二楚。

義父有危險！沉晴心中一驚，眼中閃現著異樣的光芒。夏宇，你既然想用小人之計算計義父，我也不會客氣，盡心盡力保護義父，不會讓你的詭計得逞。沉晴匆匆回到未央宮，沉思了一陣子，提筆寫下一行字，把紙條綁在鴿子腿上的竹筒上。她把手向上一提，鴿子便飛向蔚藍的天空。

顏正輝一眾將士浩浩蕩蕩，長途跋涉地來到離主城只有百里之遙的都城。一路上風塵僕僕，徒勞一場，將士本已是極不情願，此時的疲累更讓他們滿腹牢騷，怨聲載道。顏正輝不理會身後的抱怨，只管不斷催促將士們前進。越接近宮殿，他眼中的興奮之色更加洋溢於表。女兒，爹要為你報仇了，爹要讓這冷漠無情的君王受到應有的懲罰……

軍隊穿過一條狹長迂迴的山谷。鳥兒的歌聲充斥在山谷間，風拂過鬱鬱蒼蒼的樹，沙啦啦地響著，帶著山野中自然的、青草與薄荷味道的空氣，與藍天白雲相交映，像是一幅美麗到不用加任何修飾的畫卷。如此的美景將士們卻無心欣賞，心情沉重地走著。

況彼的隊伍跟在後頭，一眾人大張旗鼓。此時，隨一聲鳴叫，一隻小巧玲瓏的鴿子降落在況彼肩上——這隻鴿子正是況彼與況晴的秘密通訊工具。況彼解開鴿子腳上的紙條，臉上頓時大驚失色，只見紙條上寫著一行字「夏宇已設下埋伏，請義父另走它路。」「全部人退後！」他大聲喊叫著，帶著身後士兵們慌忙後退。

忽然，山谷兩旁傳來了震耳欲聾的擂鼓吶喊聲，還沒待將士們反應過來，一塊塊千斤巨石，從山坡滾落下來。士兵們頓時亂了陣形，個個驚慌失措，手忙腳亂，一心想著逃命，把山谷擠得水泄不通。一個巨石砸了下來，數百名士兵便立刻血濺沙場，當場殞命。緊接著，竹箭如雨落下。隨著一名名士兵緩緩倒下，風和日麗的山谷頓時變成了殺人不眨眼的修羅場。

顏正輝慌忙地一邊逃避著滾落下的巨石，一邊揮劍抵擋著連山排海朝他迎來的竹箭。一個不留神，一支箭深深地插入了顏正輝先前被況晴劃傷的舊傷中。顏正輝吃痛，手中的動作頓時慢了下來。

一群士兵忽然竄出，把顏正輝按在地上，縛著他的手腳。顏正輝動彈不得，只能束手就擒。

顏正輝的士兵們見主帥被捉，群龍無首，加上他們本就不願背叛自己國家，便紛紛放下武器，舉手投降，束手就擒。

一路快馬加鞭，隨著士兵來到了大殿上。平時金碧輝煌的大殿，此時對顏正輝來說卻過於刺眼，像是在諷刺著他。顏正輝被押進大殿時仍難以置信。

大殿滿是大臣，個個都疑惑不解地注視著顏正輝。今早。皇帝忽然急召他們到大殿上，卻對原因隻字不提，敢情就是來看顏將軍落魄地被押到朝廷上？

「開始吧。」夏宇托著頭，神閒氣定地道。

沈魯點了點頭，上前一步。「顏正輝，你可知罪？」

「本將不知何罪之有。」顏正輝倔強倨傲，眼神冰冷。

沈魯輕蔑的笑了一聲。「你無需狡辯。來人，呈上證據！」

一名男子隨著侍衛踏進大殿。「你……你……哈哈哈！竟然是你！我顏正輝竟會敗在你手上！」顏正輝看清來人，不禁放聲大笑。隨後，那名男子轉身向夏宇，道：「皇上，臣乃本次出征攻打昇國的副將。顏將軍在明知兵力懸殊的情況下故意分散兵力，把一部分兵力撥往北面，只是為了與敵軍順利會合，聯合攻打我國！」眾臣不禁譁然。顏正輝抬起頭：「你沒有真憑實據，憑甚麼指控我？」

此時，一名黑衣人拖著一名跌跌撞撞的老人跨過門檻，徑直走到顏正輝面前。他緩緩脫掉面罩，露出自己的容顏。顏正輝驚慌失措地望著他，臉上盡是不可置信，說不出話來。

「我們又見面了，顏將軍。」那黑衣人竟是消失了一陣子的覃桂成。吳廣德雙手被繩子束縛，跪在地上，不斷掙扎：「你們捉我來幹甚麼？快放開我！」沈魯冷笑道：「吳廣德，偽造證據、誣陷大臣，你還敢說自己無罪？賄賂一事完全是你自己捏造出來，無中生有！」吳廣德知事已敗露，便放棄掙扎，垂下頭一言不發。「顏將軍的貼身書僮亦證明顏將軍與吳大臣經常聚在一起密謀叛國之事。」顏正輝的臉「唰」的一下，白了幾分。

夏宇從袍中拿出一封密函。「這封密函，將軍應該很熟悉吧。」顏正輝在見到密函的瞬間，已如槁木死灰，瞬間失去生氣。「與敵國暗中勾結，互通書信，密謀叛國，憑著這幾條罪名，顏將軍就算賠上整個家族都難以謝罪！來人！把顏正輝收入天牢，等候發落！」夏宇高聲道。

顏正輝被侍衛帶離了大殿。

一子錯，滿盤皆落索……顏正輝不禁自嘲地笑了起來。呵，最終，他還是輸得一敗塗地啊……

大殿內。

經歷了剛才疾風驟雨，大臣們面面相覷，誰也不敢動彈。

「辛苦了。」夏宇打破沉默，走下龍椅，拍了拍沈魯和覃桂成的肩膀。

「恭喜皇上成功除去叛國賊。」覃桂成拱了拱手，笑道。

夏宇正打算離開時，一名士兵慌慌張張地衝了進來，倉惶失措地喊道：「皇上！不好了！昪國的軍隊攻到玥宮前了！」

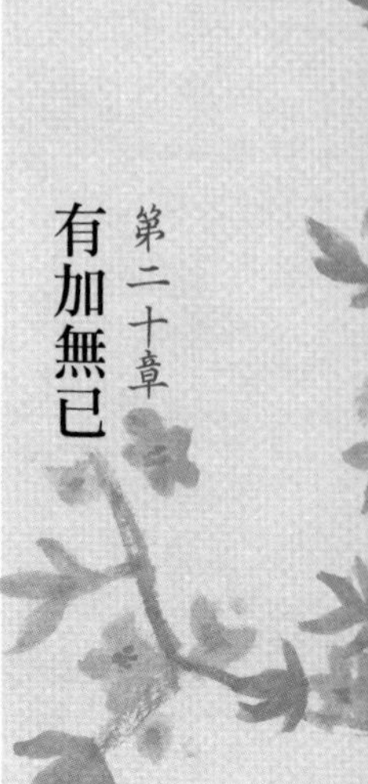

第二十章
有加無已

昇軍轉眼便殺到玥宮，燃眉之急，滿朝大臣無不驚惶，紛紛低頭議論對策。

「臣以為，在這千鈞一髮的情勢，只能再加撥軍士守護玥宮，加強我國防守。」

「稟皇上，昇國宰相況彼帶領一百萬昇國軍隊，只怕不久便會攻入宮門，皇上不能坐視不理啊！」

「如今情況如此，恐怕玥國難以反敗為勝！」

龍椅上夏宇默然不語，眉頭緊鎖，雙手握成拳頭，全神貫注陷入思索，大臣們的低聲細語早已聽不進耳。昇國大軍逼近，難道真如大臣們所說，玥國會亡於朕手上？

不！朕不允許！容朕再想想，一定有辦法反敗為勝。每個人都有弱點，朕不相信憑區區一個況彼，能滅我大玥江山！

昇國……況彼……況……晴！

對了，還有她！她是玥國最後的籌碼。

現在沒有時間感傷了，身為君王本該如此，這是為了更好的將來。況晴，你別怪朕無情。朕是逼不得已才會利用你的。

「來人！去把宸貴妃帶來！」

他身旁的太監點了點頭，便腳下生風地走向未央宮。

此時況晴倚在床邊細細讀著還未讀完的《鏡花緣》，巧倩美盼靜靜侍候在側，一室恬靜和諧。室外急促的腳步漸近，打破了一室的寧靜。況晴挑眉，臉上的故作鎮定掩蓋不了她內心的訝異，這個時段，皇上必定還在上朝，不可能來未央宮的。

此時小太監步入室，先向況晴行禮，未及況晴應諾，便道：「貴妃娘娘，皇上召你一見，有要事商討，請娘娘隨微臣走一趟。」

況晴不解，心中不安更甚，問道：「公公，我們要到哪兒，為何如此突然。」

「正是金鑾大殿也，昇國況丞相攻到了。」小太監答道，語氣中帶有焦急，腳下步伐卻沒有絲毫減慢。

況晴一聽，心中了然。不用問皇上此召到底是為何，況晴已心知肚明。現在戰情緊急，義父帶領昇國大軍攻入。夏宇是個聰明的人，現在陷入絕境，怎會想不到義父是個心軟的人，拿他的義女來當人質，或許可以要脅他撤兵。

夏宇，看來你明顯要利用我，把我當成你的棋子。我曾以為我們的愛是海枯石爛，現在仔細回想，那些曾經的海誓山盟，如今已如冬雨掠過繁花，瓣瓣凋零。我果然還是把你的愛想得太偉大，以為憑藉你的愛，以為只要你愛我，便能保我周全。

但我也是一樣的。我在許久之前就已經決定了要保護我深愛的家人。我們的愛情本就建基於算計之上，那日中秋宴我在人前第一次跳舞，便是為了接近你；我替你擋刀，也是為了勾銷你我之間的恩怨，然後便能心安理得地做一個惡人背叛你。我的背叛是不可否認的事實，所以我沒有資格怪責你，也不能奢求你能原諒我。我們都有所愛之物，我有我的國家，你也有你的江山。這段情，許是還單薄了些吧。

夏宇，此生，我注定是要欠你的。為了我所愛的家人，為了昇國，即便敵人是你，我都不會對自己將行之事有所猶豫，這就是我的決心。

沉晴不顧小太監氣急敗壞卻又不敢放肆的催促，從容地執起一枝銀簪，插入盤旋的烏髮中，隨後緩步跟隨太監倉促的身影，步步踏入危機之中。沉晴清楚知道面臨的危機，心裏卻沒有一分畏懼。

她自走出未央宮那一刻起，暗中已作好打算。

走了一段路，她已不聽從太監的催促，向右拐彎，走回未央宮的方向，轉入一條通往未央宮後院的小徑。她身影一溜，敏捷地穿過一道小門，無聲無息地奔入巧倩的房間，躲在衣櫥中。

在一個如此狹窄的空間裏，她不敢作聲，閉眼屏息，她知道她不可能逃到更遠的地方，只好出此下策，祈望太監會在察覺她逃跑後，會到處尋找她，而不是回到未央宮。

那太監一直喚著沉晴催她加快腳步，暗自奇怪怎麼不聽見沉晴的腳步聲。於是停步回顧，才覺不見沉晴影蹤。這下太監心急如焚，不知如何向皇上交代，趕緊走回原來的路，不忘提高警覺，到處找尋沉晴身影，又高聲呼喚更多人來幫忙找她。

他走進未央宮，小心翼翼地檢查每一個角落，直至最後他才進入巧倩美盼的房間去找尋泥晴。泥晴儘量屏止呼吸，身體蜷曲得開始酸軟。在這裏撐不了多久——我必須逃出去。她從衣櫥的隙縫中窺看，趁四下無人之際打開櫥櫃，準備逃跑。

殊不知那太監早已躲在衣櫥背後，泥晴雙腳才剛落地，他便從後用手勒緊泥晴的脖子，將她強行拉出未央宮。泥晴無力反抗，被該太監捉住，粗暴地帶到夏宇面前。

金鑾大殿中，夏宇一看到泥晴的身影，就低聲命令身後的太監抓住泥晴。他雙眼緊閉，以手指頭輕揉兩額側的太陽穴，不願再理會心底裏微弱的痛疚。

泥晴雙手被人用繩索緊緊縛住，跪著的膝蓋下是冷冰冰的地面。此刻掙扎也沒有用，她只好服從。也不向夏宇問話，她既然知道夏宇捉拿她的原因，亦沒有必要迫他說出事實。她苦澀的乾笑一聲，望向夏宇的眼眸中沒有恐慌，沒有怨恨，更沒有求饒的意思。心中只有一個念頭——義父，我不會讓自己拖累你的。

此時，忽有一名士兵衝進大殿，驚慌失色地高聲呼喊：「皇上！昇國大軍不久便會攻打到這裏！皇上快走！來人護駕！」

聽到這消息，大臣們瞬間亂了陣腳。昇國士兵跨過門檻，湧進大殿內。兩國士兵交戰，原來堂皇亮麗的大殿瞬間轉為士兵廝殺的戰場。刀聲霍霍，殿內牆壁滿佈血跡。一片混亂之中，夏宇仍然沒有行動，他身邊的侍衛緊緊包圍著他，銳利凶狠的眼神中竟透出一絲恐懼。

在一片混亂之中，清楚可見，有一人不慌不忙地跨過門檻，一副從容不迫的樣子。他手中執一把長劍，頭戴殷紅鐵盔，身披青銅鎧甲，可謂意氣風發，氣宇軒昂。佈滿銹漬的頭盔下，幾縷灰色的頭髮灑在那飽經風霜的臉孔上，目光如炬，正是昇國的宰相——況彼。他一踏進朝堂，所有人的動作似是凝止了在半空。昇國士兵馬上分開成左右兩邊一字排開，玥國士兵及大臣當中有不少被他們制服在地。

況彼看著夏宇。夏宇是個睿智的君主，不可能這麼容易能滅了玥國，想必是附近會有埋伏。

可是，饒是他如此機智，在這險峻的局勢下也無法扭轉乾坤、反敗為勝吧……剛從一番沉思中回到現實，一個女子的身影便映入眼簾——況晴！況彼心中一凜，頓時瞪大眼睛，腦海只有一片空白，片刻失去了思考的能力，亂了陣腳。

夏宇板起一張臉，銳利的目光俯視況彼，其身上散發的氣場直教人不寒而慄，冷漠無情地道：「況彼，你要是識相的便撤軍。你的女兒在朕手中，若是你想救回她……」

況彼默然不語，心中的思潮早已是波濤洶湧。雖況晴並非自己親生女兒，但多年以來的朝夕相處，早已培養了無法割斷的父女之情，他亦早把她當作親生骨肉看待，此時只想直接衝上前救援；可是……救了況晴，他便要帶著軍隊撤退，他們由昇國來到玥國，經過長途跋涉、千辛萬苦才能達到如斯境地，男兒們滿腔熱血，只差一舉便可消滅玥國，如果現在因況晴而退兵，又是置百萬大軍於何地！何況當他若率兵回到昇國，他又如何對得起一直信任他重用他的君主！思前想後，仍是無止境的掙扎。

國家和義女的命運都掌握在他手中，在他心裏有同樣的重量，而他只能選擇其一，但身為宰相，背負著一國的責任，他只能以大局為重。他的眼神透出無聲的吶喊，無助並徬徨使他的呼吸逐漸急促及微弱。

他閉上雙眼，欲平定忐忑起伏的思緒，作出那不能作出的決定。黑暗中，他看到的，一個瘦骨嶙峋、蓬頭垢面的少女暈倒在地。後來她來到了況府，他便視她為義女般養育。多年來生活的點滴，一一在眼前湧現。她和況昕在草地上放風箏，卻因風箏斷線而拌嘴；在書房內練字和作畫，看誰畫的梅花更漂亮；晚上躺在地上，看著星空互訴心聲。她不是親生女兒，但有關係嗎？他依然照顧她，撫育她，如親生女兒般。

猶豫之際，忽然聽見：「義父不必救我！」

第二十一章 雨過天晴

話畢，沉晴綁住的手上不知何時從髮髻上拔出一枝銀簪，鋒利尖銳處架在脖子上，毅然刺入肌膚中，沁出一點點鮮血，順著頸肩滴到長裙，再稍稍施力，便會血流如注。沒錯，這步是她在來到這大殿前，經過反覆思慮後作出的。她去意已決，不想因為自己而連累國家，更不想義父因自己而不斷掙扎。長痛不如短痛，與其舉棋不定，內心受到虐痛，還不如犧牲自己，直截了斷，為此事畫下一個完美的句號。義父，不——父親，女兒不孝，未曾報答您的養育之恩……

「沉晴！」沉彼激動地破口而出。他本來下定決心想放棄沉晴，看到沉晴如此，心如針札，始終接受不了她如此年輕，便要成為國家的犧牲品。他怎麼能忍受女兒在他面前流血至死的傷痛？

「撤！全軍撤退！」況彼大叫。淚水頑固地湧出了眼眶，況彼知道這次的衝動，將會為他一生帶來翻天覆地的轉變，也清楚了解此舉帶來的後果。

「父親不要！」

夏宇冷漠無情的鐵面下泛起點點漣漪，想必況晴定會十分恨他吧！他看著況晴，夕陽的餘暉斜映在她的臉龐，一如初見她時那般的楚楚動人，突然心裏流過一股暖意，彷彿那些一起走過的時光還在身旁。或許，這已經足夠了。有些人，有些事，一旦錯過了就是錯過，不再擦肩，也不再回頭。

「晴兒……」況彼心知自己回到昇國將難逃一劫，但他又怎能眼睜睜看著況晴慘死呢。他帶著一眾大軍離去，留下滿殿的狼藉。

「夏宇，晴兒只是一個戰爭的犧牲品。放她自由吧。」況彼回頭看向夏宇，忍不住開口道。

夏宇只是沉默不語。

未央宮中，況晴臉色蒼白如雪，靜悄悄躺在大床上，只有一絲微弱的氣息。她就這樣躺著，嘴角輕輕上揚，好像是在一場和諧美夢之中，那麼安祥，夢鄉中有義父，有況昕，亦有她的心愛之人，琴瑟和諧，歲月靜好，她不願醒來，只想在這夢鄉中度著餘生。

夏宇站在一旁，神色複雜地低著頭，端詳著況晴眉宇間難得的釋然。況晴的每一面都深深的刻在他的腦海內，她的巧笑，她的眼淚，她的……況晴似是從未真正釋懷，她一直活得身不由己。一向沉著冷靜的夏宇在面對況晴時，不止一次亂了心神：對於眼前的女子，他應如何面對？他對她，有愛，亦有疚，只是在錯的時候遇上了錯的她，一個本不應愛的人，這段情，不應開始，全都不過是一場錯誤。

況晴是他這一生中最希望守護的女子，然而他雖為君王，卻連在困境中保護自己心愛的女子也做不到，反而選擇利用她，最後甚至成了傷她至深的人。他並沒有自己想象中的強大，而是軟弱不堪，他還能責怪誰？玫瑰美則美矣，確是令人憧憬，但佈滿荊棘，硬是要得到，只會被尖刺扎到千瘡百孔，痛心疾首。愛她，所以留下她，不過是自私地把她困在籠中，為她鎖上枷鎖，不過是一場冠冕堂皇，以愛為名的綁架。既然無法給她真心的快樂，無能力得她歡顏，為何不能放手，還她自由？他們誰也不是誰的唯一，懂得放下，才是真正的釋然。

夏宇捏了捏眉心，低聲嘆了口氣。

幾日後，況晴從床上幽幽轉醒。夏宇坐在床邊，垂眸看著她，不發一言。兩人無言而對。沉默良久後，夏宇開口道：「況彼託付朕要放你自由。朕不勉強你，妳走吧。」

夏宇背對著況晴，況晴看不見他臉上的神色，聲音中也聽不出他的情緒。況晴心中十分矛盾，他既是她愛的人，又是令她家破人亡的人。她不知道要如何面對這個令她又愛又恨的男子。

夏宇說罷後，就轉身離去。只剩況晴神色複雜地看著他的背影。

離開之時，況晴只帶著她來時的物品和況彼給她的衣服。她離開未央宮的時候，一切如舊，宮裏整潔得就好像從沒有人住過一樣。她豁然一笑，這些日子的情愛與時光，不過是黃粱一夢，他們，終究只是彼此生命中的過客。

她最後一次看向這金碧輝煌的華美宮殿。眼中有些猶豫不決。離開了皇宮，她又能去哪裏呢？她已經沒有家了。天地這麼大，竟沒有她的容身之地。她心中無家可歸的感覺油然而生。

她想起了她和夏宇之間的點點滴滴。回首往昔，一切皆已物是人非。

早在一開始發現自己心意時，她就知道這個男子是她命中的劫。她注定不能愛上他，否則受傷的只會是自己。兩人的身分不予許他們相愛，從一開始兩人就不會有結果，這個局面不就已經是註定了的嗎？現在，她終於逃離了這個囚牢，她應該感到自由不是嗎？為甚麼她的心裏竟生出了一絲不捨呢？況晴垂下頭，不知道要如何解釋心中的微痛。

抬眸時，她最後一次看向未央宮。昔日兩人的歡聲笑語彷彿還在眼前，一切好像只是昨夜的事。但她知道她與夏宇這輩子不可能再相見了。

「再也不見。」沉晴轉身離去，不留一絲眷戀。

被烏雲籠罩多日的天空，終於開始放晴。

城牆上，夏宇一動不動地站在那裏，宛如一尊雕像，目不轉睛地凝望著沉晴離去的身影。直到她的身影消失在他視線裏，但他的目光依舊停留在她身影最後消失的地方。

「皇上，宸……沉晴姑娘已經離開了宮門。」張達安彎著腰，低頭稟告。

「朕再站一會兒就回去。」夏宇聲音染上了點點的暗啞。

夏宇曾設想過，如果不與昇國開戰，或許沉晴和他真的可以一直好好的相處下去，安穩地度過餘生。但他不僅是沉晴的丈夫，還是一國之君。兩國勢如水火，戰爭是無可避免的，定要拼個你死我活。他身為一國之君，這份責任注定了夏宇和沉晴終有一天會形如陌路。只是夏宇沒想到這一天來得這麼快。

夏宇有數不盡的話想要對沉晴說，他想向她說聲對不起，他想試著挽留一下沉晴。但他最終甚麼也沒有說。

「願你幸福。」夏宇用微不可聞的聲音道，滿腹心事都藏在了這一句當中。

張達安站在一旁，心中嘆了口氣。世人常道帝王無情，但又有誰知道帝王同樣愛的深沉。可是他的身分不允許他把愛說出口。情之一字最為傷人，愛之深，傷之切。就連帝王也在這場愛情的戰爭裏敗得一塌糊塗。

正午時分，陽光透過厚厚的雲層，照在夏宇的身上。「終於放晴了……」陽光灑落在夏宇周圍，他卻沒有感到溫暖，再熱烈的陽光也無法溫暖他冰封的內心。

這是一場美麗的相遇，一場不悔的沉醉，就如一場煙花，綻放，消失，只是一瞬間的驚艷，一瞬間的光彩。繁花落盡，浮雲一場，最後，只留下長久的斑斕……